僕たちの、青い空

坂元達男

22世紀アート

目次

一、いじめっ子　5
二、ロッテンマリア先生　18
三、リーダーの死　26
四、また、夜があける　35
五、ニューリーダー　53
六、進　路　60
七、喜びと、悲しみと……　71
八、僕たちのお母さん　82
九、白いボールに、友情をこめて　106

十、章の決意　115
十一、白いボタン、そして、それぞれの道に　119
十二、月日は、過ぎても……　123
あとがき　125

主な登場人物

寺本　磨周……………思案深く温和な少年。一度は養子に出ようとするが、意外な結末が……。

有川　邦彦……………行動的な少年。園長と衝突し園を飛び出すが……。磨周とは一番の親友。

堤　　成正……………この物語での初代リーダー。不慮の事故に遭遇する。腕っぱしが強い。

阿久井　章……………いじめられっ子。リーダーの死後、強くなろうと努力するが、突然の両親の出現に動揺をかくせない。

徳丸　明弘……………明るく、やんちゃな男の子。小学部のボス、通称、ミニボスと呼ばれている。

鴇　真由美……………比較的おとなしいが芯の強い少女。学校での成績がよく、進学を望んでいるが……。

斉藤　理恵……………天真爛漫な少女。章の悩みに明るく対処していく。

浜田　　悟……………園長。どちらかといえば、型にはまった様な厳粛な男。心根はやさしい人。

中村　道子……………通称、ロッテンマリア先生。すこし、おっちょこちょい。子供たちに人気がある。

椎屋　福蔵…………　がっしりとした大会社の社長。磨周を養子に迎えようとするが……。奥さんには弱い……。

椎屋加奈子…………　福蔵の妻。見識が高く、社交的な女性。磨周とぶつかり合うことに……。

橘　百合子…………　椎屋家のお手伝いさん。心優しく可愛い女性。磨周の心のお姉さんになる。

駐在所のお巡りさん…………　ずんぐりとした、心温かい子供好きな人。

お巡りさんの奥さん…………　面倒みのいい大らかな人。

一、いじめっ子

「みんな集まれ！　みんな集まれ！　リーダーが喧嘩だ！　喧嘩にいくぞ！」

ただでさえ赤いほっぺたを、さらに赤くしてミニボスは走る。はあ〜はあ〜と息を吐きながら……　癖であるのか、その細い腕を一方は上に一方は下に……。まるで宙を飛んでいるかのように……。

少年は、小さく盛り上がった土の上にぺたりと尻を下ろすと、熱した柿のようなほっぺたを、とても奇麗とはいえない手で擦りながら、

「見にいくぞ……　見にいくぞ……　行きたいか？　ついてこい！」

と、一人で興奮している。誰が集まっているというのか、たいして集まってもいない……。二人である。それでも少年は一生懸命である。何事かと、又、一人二人と集まってくる。少年は、とても口だけではいえないたちらしく、身振り手振り豆ボクサーでもなったようなしぐさで話す。

話はこうだ。（園の子がいじめられている。同じ園の仲間として、黙って見過ごしたくない）どうやら、いじめた奴を待ちぶせ喧嘩を売るらしい。ミニボスと呼ばれるこの少年はチビッ子組。

すなわち小学部のボスである。中学部のボスは、全体のリーダーである。

三月の風は快い。狭い岩穴に身を伏せじっとしていた魚たちも、これ見よがしに身を輝かせ踊りでることだろう。少年たちも又、聡明な何か眼には見えない美しさ楽しさを、その細い体に感じ血が浮き立つのだ。さあ春が来た……。さあ春が来た……。少年たちはミニボスの後に続く。

昭和二八年三月下旬、此処は社会福祉法人〇〇園。正門近くの大木の横。で、リーダーと呼ばれる少年が、地面に細い木で何か書いている。二人がそれをじっと見ている。

「おまえらーついてくるのか」

リーダーこと成正はきっと首を上げ、いたずらっぽくミニボスを睨んだ。ぎくっとしたミニボスは、

「うん……　いいだろう……」

と、いってごくりと唾をのんだ。ミニボスの名前は明弘といった。

「百メートル後からついてこい」

成正はそういうと、もう歩きだしていた。

それから百メートル離れて、明弘たちが続く。尻をひょっこり出し、顔をつきだし、まるで鴨の行列みたいについていく。少年たちの胸の内とは対照的に、うららかな春の風にゆれる草花は、

そくさくと歩く少年たちを優しく見送る。

「急ぐのだ。今日が駄目だと、明日は日曜日だからな……」

成正はそういって二人を促した。少年たちの足は自然と早くなる。そうなると、優しい草花だって荒々しく息をしているように見えてくるのだから自然とは心の背景みたいなものだ。

やがて車の通りが多くなり、人々のざわめく植木市の前を通りすぎて行く。そこで、急に成正は走りだした。

「それー走れ。ミニボスたちを撒くんだ」

成正たちは植木市の中をジグザグに走る。こうして成正たちは、ミニボスたちを撒いたかにみえた。

そして、一つの小さな踏切をすぎると二つに分かれた道がある。少年たちは一つの道を入っていくと、遠くに小さな地蔵さんが見えてくる。地蔵の前までくると成正はこういった。

「前に地面に書いたとおりだ。やつら、土曜日にはここを通って帰る……」

「何故それが分かるんだい」

一人がそういう。

「あの神社の裏手に、狭い上がり道がある。そこを登っていくんだ」

「何のためだい？」

もう一人の少年がそう聞いた。二人の名は磨周と邦彦といった。

「登っていくと、周囲を山で囲まれた原っぱがある。そこで遊ぶためだ」

「ふ〜ん遊んでいるのか」

と、うなずきながら右手を左のほっぺたにあて、

「何をやって……」

と、磨周が聞く。

「何でもいい！」

成正は、ちえっーと舌打ちをしてそういった。

「土曜日、いつもいって飽きないのかな」

邦彦が、ぽかんとしてそういう。

もう正午……、心地よい太陽が、少年たちの頬を照らす……。その明るさとは比較にならないほど、成正の心は重く暗い。彼は一本気で間違った事が嫌いなのだ。何もしない弱い者を、いじめるのは許しておけない。この腹の底から噴出するもの、それは奴らに遭わずして治まるものではない。

成正は、今日奴らが此処を通ることには、少しの疑いももっていない。磨周と邦彦は不安そうである。時折、前方を見ては、そこいらを行ったり来たりしている。成正は地蔵の横にじっと腰をおろし、一点を見つめている。にこやかな地蔵、左の口もとが少し微笑み少年たちを温かく包みこんでいるかのようだ。この地蔵はずいぶん以前から此処に祭られている。町の文化財。今まで、幾たびかの信仰をよせられてきたことだろう。

突然、先ほど、ずっと前方へ様子を見にいっていた邦彦が跳んで帰ってきた。

「奴らがきた！」

邦彦は、もうすっかり興奮している。

「よしきた！」

成正は、すくっと立ち前方を見、そして一歩前にでた。後ろに磨周と邦彦が従った。まさに戦闘状態に入ったのだ。

そんな事は一向に気づく様子もなく、彼らはお喋りしながらふざけあい、成正たちの前を通りすぎようとしていた。

「まて！　鳴瀬」

ありったけの成正の一喝に彼らは非常に吃驚したらしく、ピクリと顔の筋肉をひきつかせ成正の方を見た。一人は振り返った拍子に鞄を地面に落とし、慌ててそれを拾うと二歩後すざりしたが、それでも鳴瀬と呼ばれた少年は、体面上そうするわけにもいかず、二つの眼をじっとすえ頑張っているかのように見えた。

そうだ……。あまりにも大きい成正の気迫に、一瞬たじろいたのだ。でも彼らは、すぐとはいかなくても落ち着きをとりもどしつつあった。地面にしかと足をふんばり、

「なんだ！」

と、鳴瀬がいった。

「おまえな！　章をいじめているだろう。阿久井章だ」

成正は、大きな声でもう一度どなった。

「それがどうしたんだよ！　奴が愚図だからよ……　早くしろっていっているんだよ」

鳴瀬は成正の気迫に負けじと、ありったけの声でいった。

「ほうう……　おまえは、それだけの事で嫌がらせしているのか」

つめよる成正に鳴瀬も後にひこうとしない。ちらっと後ろにひかえている二人を見ながらいざという時には対戦するかまえである。

「お～やってやろうじゃないか。三対三だぜ！　何もいうことなしだ。それとも、俺と一対一で

やるかよ！　早いとこ決めな！」

成正はそういって、又、地蔵の横に腰を下ろした。その態度が、あまりにも堂々としていたので、鳴瀬は一寸ためらった。

「愚図がいると、皆が迷惑するんだよ！」

鳴瀬は、成正に弱みを見せないよう一生懸命のようである。

　成正は、鳴瀬を小学校の頃から知っている。同じクラスになったことは一度もない。あまり評判のよい奴ではなかったようだ。いじめにしても、たいがい誰かが後ろにひかえている。けっして一人ではないのだ。

「やい！　おまえ多人数で一人いじめるのはよせよな！　それ男のすることじゃないぜ。それ弱虫のすることなんだ。そうだ。おまえは弱虫なんだ」

「なに！　俺は弱虫じゃない」

鳴瀬は叫んだ。

「じゃ、かかってきなー相手になってやらぁ」

成正は、両足をでんと踏んばり鳴瀬の前に立った。

「このやろう……」

鳴瀬は半分泣きそうな顔をしていたが、それでも猛烈ないきおいで、成正の襟元を掴もうとした。

「なめるんじゃねえよ」

成正は、反射的に鳴瀬をつきとばした。腕っぱしが強いのだ。

そして、いかにもリーダーといった体格である。そのがっしりした二つの腕は、鳴瀬をまるで小学生を掴むように、大きな手でつき飛ばしたのだ。鳴瀬は後ろの方で、この様子を見ていた二人の少年の前に深く尻もちをつき倒れた。

「ちくしょうー」

二人の少年は鳴瀬を支え、さらに成正の前に出ようとした。

「かつ！」

成正は怒りをあらわにした猛獣のような眼をして、三人の前に立ちはだかった。それに従じるように磨周と邦彦も身構えた。今にもこの静かな小さな道で、少年たちはぶつかり合おうとしている。風はない。ただ少年たちのはく息だけが感じられた。

にわかに鳴瀬が、よろりと一歩うしろにさがり、彼を支えていた二人はお互いに顔を見合わせ、鳴瀬に合わせるように後ろに退いていく。はるかに成正たちが優勢にみえた。

「やい！　こわいのか……　俺一人でいいって言ってるんだぜ。かかってきな！」

成正はそういうと、磨周と邦彦に後ろに退くようにいった。

「こいつめが！」

鳴瀬は、大きくわめきながら成正にとびつこうとしたが、すでにその時、鳴瀬は一撃を食わされていた。鳴瀬は、脇腹を押さえもんどりかえっていく。成正はさらに、そこへ駆け襟元を掴んだ。成正は、風ひとつないこの静かな道で、木の葉が揺れるのではと錯覚しそうな大声をだし鳴瀬にいった。

「血には血を！　と、いう意味を知っているかよ！　このばかやろう」

鳴瀬は何の事かわかった様子はみられない。但ただ、成正の大声に度肝を抜かれたらしい。成正は、さらに続けていった。

「暴力には暴力なんだよ」

鳴瀬はすでに泣きべそをかいているが、しかし、そんな顔を見せたくない。その為、草に顔をあて拭いているかのように見えた。さらに、土のついた手で頬を擦ったので彼の顔はぐちゃぐちゃとなり、土の中からぽっくり顔を出したモグラという感じであった。

「ははは
っ……」

と、ずっと後ろから笑い声が聞こえる。いつの間に来たのか、それはミニボスたちであった。鳴瀬たちは笑いを背に、もう一方の道へと駆けていく。

成正は槍でもなげるように、右手をあげ大きく怒鳴った。

「おまえら！　又、章をいじめてみろ。その分だけおまえらをいじめてやるからな。二度としてみろってんだ」

成正に続き磨周たちも威勢をあげた。彼らは散々の体で去っていく。彼らがいなくなったからといって、すぐに少年たちの興奮が冷めるものではない。成正はもちろん磨周と邦彦さえも息が荒いかにみえた。チビッ子たちは、それを誇らしげに見て、大いなる拍手をおくった。

しばらくして成正は、神社裏の原っぱにみんなを連れて行った。そこで少年たちは腰をおろすと、顔を見合わせ、又、先の話に花を咲かせ大笑いした。少し風がたち、少年たちの頬を愛でて去っていく……。少年たちは一人二人と仰向けになり、三月の流れゆく雲をながめていた。なんと白いことだろう……。なんと美しいことだろう……。それに天は、なんと高く広いことだろう。

成正は今自分のした事が、とてもちっぽけな事のように思われてならなかった。雲は風のふくまま流れていく。人の世も、それとさして変わらないのではないだろうか……。いや……　そのまま流されてはいけない。良い事も悪い事も、自分で見極めて進まなければいけないのだろう……。成正はそんな事を思い、自分が園にいられるのは、あと一年あまりであることを思っていた。

「園にいるのも、あと一年か……」

と、成正は横にいる磨周にいった。

「そうだな……」

と、磨周がいった。彼もその事を考えていたのであろう。眼を落とし横をむいた。

「まだ一年あると思えばいいぜ……」

と、邦彦がいった。彼たち三人とも、四月に三年に進級する。そして、一年後には園を出て社会人になることは確実である。だが三人は、その事については何もいわなかった。

「元気にいこうぜ……　そうだ、サッカーをやろう」

急に成正が、それらを振り切るようにそういった。

「ボールがないよ……」

ミニボスが、両足を高く上げ笑いながらそういい、足をばたつかせた。

「ばか！　あそこにあるんだ」

成正の指さす木の下に、たしかにボールらしき物が見える。

「おーやったね！」

チビッ子たちは歓声をあげた。それはつい先がた、走り去った鳴瀬たちの物であるらしい……。

「やろう！　やろう！」

磨周も邦彦も乗り気である。

「それじゃボールをかりようぜ。誰か持ってこい」

成正が、そういった時には、もうミニボスは立ち上がっていた。身に危険を感じた動物が、急に駆けだすように、ボールめざして駈けていく。そしてボールを手にとると、それを高々とあげ、体を一回転して大空めがけて蹴り上げた。

「やっほー」

成正がかけだし、その後に磨周と邦彦が続く。そして、ちびっ子たちがかけていく。成正が駆けながら叫ぶ。

「俺とミニボスと、あとちびっ子が一人こい。あとは磨周組だ。それでいこうぜ」

「よしきた！」

磨周が大きく返事した。なんと元気のいいことだろう。全員、かけながら赤白がきまったのだ。

少年たちは走る。白いボールを追って……。そしてける。そのたびに、弾けそうな声を発しながら……。誰も止めることは出来そうもないこの少年たちの弾力……。そして時おり見せるその柔軟さ……。今、まさに少年たちは成長期の真っ只中にあるのだ。心も体も……　柔らかい流れ行く雲のように……。

二、ロッテンマリア先生

ランランラン……　ステップをふみそうな格好で、ロッテンマリア先生は今日も花の手入れにいそしむ……。午後一時を少し回った頃だろうか。——園は美しく——それが、ロッテンマリア先生の口癖である。雑草をとり、土をもり返し水をやる。当然、これを楽しんでやってらっしゃる。

「ただいま……」

低学年の女の子が、元気よく帰ってきた。その後に、犬がじゃれついている。中犬ぐらいであろうか、とても人なつっこい犬らしく、女の子が走ると犬も走る。

「あらあら……　その犬どうしたの……」

「そこのね。店の近くで遊んでいたのよ」

「それをあなたが連れてきたの」

「そうじゃないの。ついてきたの」

「あら……　あら、園では飼えないわ」

「えっ園で飼ってもいいの……」

女の子は何を勘違いしたのか、急に上気した顔になり、その上に両手をあて嬉しそうに先生を見上げた。すると、犬も嬉しそうに女の子にじゃれる。

「そうじゃなくて……」

と、先生は頭を左右に振る。そして、今度は手を上下にばたばたさせて、

「違うのよ……　そうじゃないの」

と、くり返した。すると犬は尻尾を左右にふり、ロッテンマリア先生にじゃれつく。

「だめーだめー」

先生は、さらに慌てて手の動きを早めた。

「わぁ～先生は犬が嫌いなの？」

「そうじゃないのよ。見て……　花がだめになっちゃう」

「わぁ～ほんと……　だめ……　だめ」

二人は一緒になってだめ押しをするが、犬はますますじゃれついてくる。

「だめーだめ」

いつ帰ってきたのか、二人を真似て少年たちの登場である。ミニボスとチビッ子二人はきゃき

ゃとはやしたて、フークダンスでもするかの様にその場を離れていく。

「お待ちなさい。ただいまはいえないの」

すぐ後から、ロッテンマリア先生の声がとぶ。

「あっ、しまった」

ミニボスは身も軽々と右回りに回転し、

「ただいま帰りました。ロッテンマリア先生」

と、いってぺこりと頭を下げた。一寸舌をだして、悪戯っぽく……。続いて、後の二人も同じ様に挨拶した。

「まあ～この子らったら……」

先生は、そういいながらも嬉しそうである。先生からみれば、とてもとても可愛いのである。ミニボスも又、先生が好きであった。いや、それは誰もがそうであったろう。

ロッテンマリア先生、これは本名ではない。本当の名は、中村道子。いつからか、それは、はっきりしないが子供たちの中では、ロッテンマリア先生で通っている。それは礼儀正しく、その口の聞き方が、あの――アルプスの少女――の中のロッテンマイアー先生に似ているからである。

ロッテンさんと違うところは、とっても愛嬌があること、とても世話好きで暖かみのある先生であることだ。さらに付け加えると、すこしおっちょこちょいでもある。

先生は、十三年前、非常に悲しい体験をしておられる。それは、太陽が眩しく顔を照らし、木立ちの影をくっきりと映す真夏のある日、低学年の子供たちをつれて川原で水浴中、事故で一人水死したのである。責任感の強い先生は、幾日も幾日もその子の名前を呼び続け……　病院へ……そして、入退院を繰り返してこられた。

いつもの、そのすっとんきょうな声は、子供たちの笑いを誘う。とても好意的な笑いをである。子供たちは、先生がだい好きなのだ。

「あらーあら……　何処へいくの……」

とつぜん園の外へかけていく犬に向かってそういうと、女の子は犬の方へ走っていった。男の子たちも、その後を追った。何と平和な光景だろう。真夏の太陽が子供たちに照りつける。その光を体いっぱいに受けながら走っていく。ロッテンマリア先生は、それを誇らしげに眺めていた。

しばらくして子供たちは、しょんぼりした女の子を囲むようにして帰ってきた。何か色々と話しているようである。

「どうせ野良犬だろう」

「今あったばかりだろう」

「悲しむことはないさ。どうせ飼えないからさ」

「だってまだ遊べたんじゃない」

女の子はべそをかきそうになりながらも、さらにいっている。

「兄ちゃんたちが、ふざけたから逃げたのよ」

「えーふざけた……　犬に……」

そうかも知れない。そうでないかも知れない。だがいつまでも一緒にいると不利である。こうみた男の子たちは、何とか勘とかごまかしながら玄関の方へかけていった。

「さあ……　真由ちゃん、此処へきて……　先生のお手伝いをしてちょうだい。あの犬はきっと飼い主の所へ帰ったのよ」

ロッテンマリア先生は元気づける様な声でそういい、又もや、べそをかきそうな女の子のそばにいき、

「鞄をおいてきて……」

と、いって頭をぐりぐりとやった。

その時である。天にもとどくかと思われそうな犬の悲鳴が聞こえた。それは、生を受けたものが死を予期した鳴き声だった。白く冷たいガラスがいくえにも割れ、身もよだつような響きを発

し崩れさる、それと似ていた。

ロッテンマリア先生と女の子は、唇をきゅうと噛み顔を見合わせ、そして無言のまま声のした方へ走った。男の子たちも、その声を耳にしたのであろう。中から飛び出してくると、後を追って走った。五〇メートルもいかない曲がり角の方から、耳を引き裂かれるように聞こえてくる。突然その角から何かを引くような格好で、男の人が出てきた。

「あっ……」

子供たちは棒立ちになった。犬の首に、針金みたいなものが掛けられ引っ張られている。さらにもう一人の男の人が出てきた。その人も、同じ犬の首に引っかけて引いている。左右から首にかけられ引っ張られていたのだ。これでは動きがとれない。犬は悲痛な声をあげていた。

「犬取りだ……」

と、ミニボスが叫んだ。ここの所、野良犬が多い。地域の人々から苦情がでていたのだ。犬は、今にも金網のついた車の中へ、入れられようとしている。

「待ってください」

突然、ロッテンマリア先生が駆けていった。

「その犬は私のです……」

男の人が振り返った。

「お宅が飼い主ですか?」

「いいえーそうじゃないの……」

ロッテンマリア先生は、下唇を一寸まえにだし深く息をはいた。

「困りましたね。飼い主のいない犬は保健所のほうで……。まあ……　一週間、飼い主が出てこなかった場合は……」

「はあー」

「この犬は首輪もないし、きっと野良犬でしょう」

「はあー」

ロッテンマリア先生は、はあーはあーと口をぽかんとあけたままである。

「どうかしたのですか?」

男の人が、不信な顔をしてそう尋ねた。女の子が、先生の手を強く引いた。相変わらず先生はぽかんとしている。

「とにかく飼い主がいるにせよ、放し飼いはいけない事になっているんです」男の人はそういうと、ぺこりと頭を下げ車に乗ろうとした。

「ま……　待ってください……」

ロッテンマリア先生は男の人にとりすがった。

「その犬は私のです。いえ……　私にください。お願いします」

そういうと、眼には涙さえうかべしきりに頭を下げた。それを不思議そうに男の人が見ている。子供たちもそれを見ている。

先生は思いだしたのだ。あの泣き声を……。園の近くに、奇麗なかごに入れられて泣いていた赤ちゃんを……。

「それは構いませんが、放し飼いはしないと約束してくださいますか」

男の人は、丁寧な言葉でそういった。

先生がこっくりとうなずき、子供たちもそれに習った。そして互いに顔を見合し微笑んだ。

そして車は、黒い排気ガスを残し去っていった。女の子はしっかりと犬を抱きしめている。男の子たちは、

「バンザイー」

と、いってロッテンマリア先生にとびついた。

三、リーダーの死

磨周と邦彦は、今日めずらしく帰りが一緒になった。二人はクラブが違うので、殆ど一緒になることはない。クラスは違ったが園では同じ部屋、二人は妙に気が合い親しかった。

磨周は、もの静かで思案深い少年だ。自分から進んで話をするというより、よき聞き手であった。が、邦彦には良く話しかけている。邦彦は、どちらかといえば行動的な少年で、バスケットに熱中している。磨周が話しかける。

「邦彦、今日は練習ないのか……」

「まあな……」

「バスケットはおもしろいかい」

「好きだからなー」

邦彦は上目使いに磨周を見、ほんとに僕はバスケットが好きなんだなーと思った。一つのボールめがけて走る。そして、ぶつかり合う。それは若い鹿が、野を駆けぶつかり合っているようにも見える。まさに邦彦は若鹿そのものだった。

「ところで今度、試合があるんだろう。のんびりしていていいのかい」

「いいんだ。今までずぅーと遅くまでやってきただろう。一寸骨休みなんだ。又、明日から練習だよ」

邦彦は、そういい白い歯を見せた。

邦彦がバスケットを好きなように、磨周も音楽が好きでならない。バスケットが皆の心が一つになってボールを追うように、音楽も、それとさして変わらない。指揮者のもとに呼吸を合わせ、演奏するのだ。もう何もかも忘れる一時である。

「今日は、久しぶりに野球でもやらないか」

邦彦の言葉に、

「そうだな……　長くやってないからな～」

と、磨周がいう。

その時であった。つきあたりの広い道を、阿久井章がすーと通り過ぎたようであった。

「章ではなかったかい……」

「そうみたいだ」

二人は顔を見合わせ、広い道へと走った。

「おい〜章……」

邦彦が大きな声で呼び止めようとしたが、章は聞こえないかのように、そのまま歩み去っていく。二人は走りよって彼の肩に手をかけ、

「どうしたんだよ……」

と、いった。はっとして振り向いた章の顔はゆがみ、血の気がなかった。

邦彦がしげしげと見つめ、

「おまえ又、いじめられたのかよ」

と、いった。章は黙って歩いて行く。二人はなおも問いかけた。

「なぜなんだよ？」

「俺たち仲間じゃないかよ。つんつんする事ねぇだろう」

章は、はたと立ち止まり二人をじっと見た。何もいわず、長いことじっと見ていた。

二人も黙ってしまった。急に言葉が出なくなったのだ。しばらくして章が口を震わせて、

「リーダーが……」

と、いった。

「リーダーがどうかしたのかい？」

「はねられたんだ！　車にはねられたんだ！」

「え！　ほんとかい……　何処でだ……」

「今、どうしているんだ……」

章は黙っていた。彼の顔は蒼白であり、ある一点をじっと見ているようであった。

二人はその方向を見ると、何か騒がしいように見えた。二人は走った。幾人かの人が小声で話している。交通係の警察さんなのだろう。忙しげに仕事に当たっている。

「あっ……」

二人はそこに立ちすくんだ。背筋を血がひくのがわかった。眼のとどく所に、血の跡がある。人体はない。すでに病院へ連れていかれたのであろう。磨周と邦彦は、口もきけず、ただ茫然とそれを見つめていた。

もう、人だかりは一人二人と離れ去っていく。やっとの事で磨周が口を開いた。

「どうだったんですか」

彼は立ち去る人に力なくそう聞いた。

「若い人がね……　即死状態だったらしいですよ。……　かわいそうに……」

磨周はその言葉を夢の中で聞いたように感じて、弱々しく後ろへ二、三歩さがるとぺたりと腰を下ろした。邦彦も同じところに腰を下ろした。リーダーの血だろうか……。いや、それはわからない。まだ二人は確認はしていない。ほんとに、それを見るまでは信じたくなかった。

「とにかく園へ急ごう」

磨周が、そういって邦彦の肩を叩いた。二人は足を早めた。さっき、三人が行き合ったところで章が待っている。邦彦は、彼をみるなり言葉を発した。

「本当にリーダーだったのかい」

「そうなんだ。そうなんだよ……」

章は眼をしばたたせていた。悲しかった。彼はリーダーが好きであった。

口は荒かったが根は優しかった。自分の為に、あんなに力になってくれたではないか。あの事があって以来、今は、いじめにあっていない。

それを思うと、自分がもっと強くならなくてはと思う。そう、強くならなければいけないのだ。

――弱いやつがいるから、いじめがあるんだ。いじめる奴が悪いには違いないが、いじめられる奴もその要素をもっているんだ。まず自分がしっかりしなくては……。強くならなくては……。

リーダーは、いつもそういっていた。

「リーダーが……　リーダーが……　確かなんだね……」

磨周が、強く章の腕を握りいった。

「そうだ……　見たんだ」

章は今にも泣きだしそうな顔を、くしゃくしゃにしてさらに続けた。

「僕が大通りに出た時、通りの向こうにリーダーを見たんだ」

彼は深くうなだれていた。しばらく言葉はなかった。

「とにかく園に急ごう」

磨周はそういい、沈みこんでいる章の肩を促した。二人は急ぎながら、事故の様子をあれこれと聞いた。但ただ息も激しく興奮しているなかで聞いた話では、対向車がセンターラインを越えてきたのを避けるため、乗用車が歩道の外側にいたリーダーと接触したというのだ。

何故……　なぜ……　外側を……。とにかく急ぐのだ。園に帰ればわかるはずだ。三人は拳をにぎり、口をつぐみ園へと急いだ。

園はし～ん、と静まりかえり、幾人かがホームに集まっていた。その脇では、ロッテンマリア先生が、電話の応対をしている。磨周たちが帰ってきたのを見ると、

「磨周ここをお願い……」

彼女はそういって、あたふたと園を出ていった。が、すぐに戻ってくると、

「磨周どっちの病院だったかしら……」

と、いった。

「えー僕たちこそ……　知りたいのです。リーダーの事なんですか……　電話は事故の事なんですか？」

磨周に続いて、あとの二人も、

「何処からですか……」

「リーダーのことですか……」

と、相次いでいった。

「あら……　どうしましょう……」

彼女は、おろおろしだした。

「それがどっちだったかしら……」

「え、聞かなかったんですか」

「同じ名の病院が二つあるのよ。あちらとは思うけど……」

「先生、しっかりしてください」

「はい……」

と、先生はいってすくっと立ち、又、おろおろしだしたが、すぐにしゃきっとなり再び園を出ようとした。いつも先生はこうなのだ。良く肝心な事がかけている。低学年の子供たちがクスクスと笑ったが、磨周の顔を見ると、すぐにそれをやめた。悲しい事があったこと事を、薄々感づいているのだ。

静けさを打ち消すように、電話のべるがなった。磨周は、すぐに受話器をとった。園長先生からだ。ロッテンマリア先生に変わるよういわれ、磨周は先生に受話器をわたした。

話は長く感じられた……。受話器をおろした先生は、悲しい報せを皆に話され、子供たちの肩を抱き慰められたが、その手は小刻みに震えていた。

＊　＊　＊　＊　＊　＊

近くの葬儀会館での告別式は、悲しみの空気に包まれていた。出棺の時、皆は菊の花をリーダーの回りに捧げ、花いっぱいの中で、青白い顔だけが浮かび上がっていた。磨周は不思議と涙がでなかった。邦彦もただ黙って棺をじっと見ていた。章は、もう顔をくしゃくしゃにして眼をこすっていた。

あの原っぱでの出来事が、昨日のようである。今にもすくと立ち、彼たちに話かけてきそうである。邦彦も章も、そして、ちびっ子たちもそう思ったことだろう。ロッテンマリア先生が急に声を震わせ泣きだした。

「成正くん……　どうしたのよ……　もう、いっちゃうの……」

先生に続き女の子たちも泣き出した。磨周が、静かに小さくはあるが、よくとおる声で別れの言葉をいい、そして、邦彦とともに眼を潤ませた。

リーダーは天に昇った。その一本気な魂は、白い煙と共に天に揺らめいているかのようであった。リーダーの魂は呼びかけた。強くなれと——章は、それを聞いたような気がした。

「さあ〜行こう。成正君は皆の心に生きている。それを、しっかり受けとめて進むのだ。きっと彼は見守ってくれる」

園長の言葉に、みんなはうなずいた。もう、太陽は西に傾きかけている。真っ赤にゆらゆらと、燃えてるように……　みんなには、そう感じられた。リーダーのように……。

四、また、夜があける

明日から学校は、夏休みにはいる。磨周は、休み中に邦彦と釣りに行く約束をしていたが、あまり釣りは好きではない。それでも邦彦と一緒だと退屈することはなく、それに広い海辺にいくのはとても気持ちがよいのだ。

八月の空はあくまでも青く、ぎらぎらと輝く太陽は、少年たちにも負けないくらいエネルギッシュだ。青々と緑したたる川原を、通って帰ることにする。この道は近道なのだ。太陽が川面に反射して、眩しく映る光景に眼をうすめ彼は足を早めた。

園の門を入ると、ぴかぴかの乗用車が駐車している。(はて……　誰かきているのかな……)磨周は、きっと誰かのお父さんが、迎えにきたのだろう。と、思った。この園は、両親がいない子供たちだけではない。親がいても、何かの理由で園にあずけられる事も珍しくない。今日から夏休み、きっと、子供を迎えにきたのであろう。

磨周は玄関にはいると、一瞬、異常な空気を感じた。ミニボスたちが、何かこそこそ話している。

「どうしたんだ。」

磨周は少し厳しい顔をして、ミニボスに近づいた。

「知らない男の人が来ているんだよ」

「誰かのお父さんだろう」

「それが違うらしいんだ。少し聞こえたんだけど、養子の話らしいんだ」

「養子か……」

養子――それは以前、磨周にも話がきたことがある。――男の子がほしい。――といわれるとか……。

「先方の希望を聞くと、君がぴったりなんだ。素直な子が、ほしいといってらっしゃるからね」

その時、園長は乗り気であったらしいが、磨周は、その時点では園を離れるのがいやだった。

又、来たのであろうか。磨周はとても複雑な気持ちになり、すぐに、その場を去ろうとした、彼の声が聞こえたのだろうか。園長がひょっこり顔をだした。その角張った顔を、さらに、そう感じさせるように口をきゅうと結び、眼は磨周を追っている。

「お～磨周か……　丁度よかった……　鞄をおいたら此方へ来てくれないか……」

そういうと、今度はその口を、精一杯まんまるくしたような笑いをうかべた。そして、

「できるだけ早くな」

と、いう言葉を背に磨周は部屋に急いだ。

「どうしよう……」

と、思ったが、つかの間、(何とかなるさ)とも思い、先ほどの様に気にもならなくなった。

しばらくして磨周が応接間に入ると、少し太めの男の人と、淡い赤色のスーツを着た女の人が、深々とソファーに腰かけていた。磨周を見ると、男の人が手をあげて、

「やあ〜しばらくだったね。元気だったかい」

と、いった。磨周は、

「はい……」

と、いったがその人を正視できず、無意識に園長の顔を見ていた。園長は、眼を細めて嬉しそうだった。

「磨周、分かっていると思うが、君に来てほしいと見えておられるんだよ」

園長は続いていった。

「勿論、しばらく一緒に生活してみて、問題がなければの話しなんだ。その手続きもなされての事なんだよ。どうだね……　遊びに行ってみては……」

続いて男の人がいった。

「養子の事は次のことだよ。まだまだ、とるべき道をとらなくては……。今回は、ただ遊びにきてみないかね。」

磨周は下をむいたまま黙っている。

「そうそう、磨周はパイロットになるのが夢だったね」

沈黙を破って、園長がいかにも今おもい出したように、顔をほころばしてそういった。磨周は、顔が上気してくるのを感じた。

「椎屋さまは、大会社の社長をなさっていてね。君の夢、きっと、かなえて下さると思うよ」

園長は、いろんな面で如何に立派な人か、二人が、いかに子供をほしがっているか……。と、延々と話すのだった。磨周の心は、少し動いたようでもあった。——ほんとにパイロットになれるかも知れない。——かすかに、心の隅でそう思ったに違いない……。

そして、よく良く見ると、男の人はとても優しそうである。女の人は、殆ど話さなかったが、さほど印象は悪くない。二人には子供はなく、磨周が来てくれると、どんなに賑やかになることか……。とても暖かい家庭にしよう。男の人は、そのような事を熱をこめて話すのだった。

磨周がやっと口を開いた。

「僕には友達もいるし、すぐ行くわけには……」

「いやいや、今すぐでなくてもいいんだよ。きっと、おじさん、おばさんは君の役にたつと思うんだ。いや、役にたちたいんだよ」

男の人はそういったあと、声を落とし話しを続けた。

「おじさんも小さい頃、苦労してね。ぜひ君には……。いや一人でも幸せになってほしいんだ……」

一時の沈黙が続いたあと、園長の計らいで、しばらく時間をおくことになり、二人は帰っていった。磨周は、門まで見送りながら、邦彦や章のことを、ミニボスたちの事を……　そして、悲惨な死をとげたリーダーのことを思っていた。この賑やかな園を離れるのは淋しい。だが一方では、まったく新しい世界へ引かれるのも事実だった。

明日、邦彦に話してみよう。磨周はそう思い、玄関へと歩いて行った。

＊　＊　＊　＊　＊　＊

数日後、磨周は、一時的に椎屋家に行くことに同意した。邦彦たちも、いや、園の皆が賛成してくれたのだ。日曜日、迎えにくると電話があったが、それを磨周は断った。自分の方から行くというのだ。今回は遊びにいくのだから……。と、いって……。

磨周は、修学旅行にでも行くような気持ちで車中の人となり駅まで送ってきた邦彦と章にしばしのさよならをいうと、

「嫌なことがあったら、すぐ帰ってこいよなー」

邦彦が、ぽつりとそういった。事実うまくいかず、帰ってくるケースはよくある事だった。磨周の心にも、又、園の子供たちにも、その気持ちがあっただろう。ましてや今回の訪問は――養子――と、はっきり決まっていたわけではない。磨周は、それほど深刻には考えていなかった。

列車は走りに走り、そして教えられた通り乗り継いでいき、西の空が薄赤くそまる夕陽をながめながら二人のまつ目的地へと距離を縮めていく。

下車駅に着いたころにはもう外は薄暗く、少し心細く感じたが電話で聞いていたとおり駅には二人の姿があり、先ずはほっとした。

「よく来たね……　君を見るまでは落ち着かなくってね。やあ、良く来たね……」

彼はそういいながら、磨周の肩をたたき白い歯を見せた。女の人もにこにこしながら、

「疲れたでしょう。さあ、行きましょう」

と、二人を促し車は椎屋家と走っていった。

椎屋家は住宅街にあり門を入ると、すぐ前に大きな石がどかんという感じで陣取っていた。そ

のまわりにはほどよく植木があり、よく調和している。玄関には、ここのお手伝いさんという若い女の人が迎えてくれ、その夜は磨周の来訪を祝い、和やかに夕食の膳をかこんだ。

＊　＊　＊　＊　＊　＊

朝、柔らかく温かい感触で眼を覚ますと、何処から入ってきたのか、否、入っていたのか一匹の猫が磨周のベットに寝そべっていた。時計は八時を少し回っている。夜、床についたのは午後十一時、なかなか寝つかれず朝方うとうとして眠ったらしい。しまった。朝寝坊だ。磨周は、照れ臭そうに眼をぱちぱちしながら二階から降りてきた。

「お早う。磨周君……」

「よく眠れたの……」

相次いで二人の言葉が飛んでくる。この家での一日が始まった。外は快晴である。磨周は外に出て空を仰いだ。天に向かって両手を上げ、流れゆく雲を見た。素晴らしい。青く澄んだ空に、ふんわりとした白い雲はじつに美しい。磨周は以前、あの草原で見た白い雲を思い出した。邦彦たちはどうしているだろう。釣りも一回きりで終わってしまったが、又、一緒に行く事があるだろうか……。

磨周は、そんな事を考えながら、

「ちょっと散歩してきます」

と、いって昨日きた道を上がっていった。右に曲がると、まだまだ坂は続いている。程よく行った所で、下の方を見ると港が開けていた。それらも含めて、何もかもが新鮮に見えてくる。この夏休みの幾日かで、少しでも土地に馴染むことができるだろうか……。二学期に入る頃にはどうするか、自分の気持ちも自然と決まるであろう。と、思うのだった。

そして幾日かが過ぎていった。すべては順調のようであった。が、一つ磨周の心を横切る不満があった。それは、おばさんの生活である。名前は加奈子といった。彼女は社交的というか、それお茶の会とか、社交ダンスとか、何かのサークルだといって、家にいる事はあまりなく、すべて、お手伝いの手によって生活が回転していく。

磨周は、そんな自分の趣味と教養に、うちこむおばさん！　が嫌いではなかったが、心の中に巣くっていたもの……　学校から帰ってくると、おやつをつくって待っていてくれる母親像を、心の隅に畳んでいた様にも思う。自分は甘えているのだろうか……。

おじさんの名は福蔵といって帰りはいつも遅く、電話があると、それが決まって――先に食事をすませなさい。――と、いうのに、うんざりしていた。夕食はお手伝いさんと二人……　と、いうことが多く、広々とした食堂で箸を動かしながら、

「ばか〜ちょっとも明るくないじゃないか……」

と呟くのだった。

お手伝いの名は百合子といった。とても好意的な眼をしている。福蔵は加奈子とは対照的に、おっとりしており、おとなしい性格のようだった。加奈子とのやりとりで都合が悪くなると、すぐ仕事のほうに話を進め逃げるようでもある。そんな時、磨周はくすくすと笑い百合子を戸惑わせた。

「お坊っちゃんは寂しくはないですか」

彼女はよくそういう。だが、磨周はそれほどそれは園とちがい賑やかではないが、もともと父母は知らず今までやってきたのだから……　少しは期待に沿わないところがあったとしても、それほど失望することではなかったのだ。寂しいと思ったことはなかった。

磨周は百合子と話をするほどに気があい、心が温まるのを感じた。そして日がたつにつれ、この広い食堂の隅々までその感知を受けたように、二人の間には踊るような笑い声がひろがっていった。

磨周は、自分にあてがわれた部屋も好きであった。あまり広くはないが、置いてある家具や壁の色合いにしても、何となく落ち着く部屋である。時々、彼女がコーヒーを運んでくる。加奈子との会話はあまりなかったが、百合子とのこうした交流は、それをそれほど感じさせないものにしていた。

百合子は小柄で小さな顔をしており、それゆえ時おり園の仲間であるような錯覚をおこさせ、又、そういうことが百合子を身ぢかに感じたのかも知れない。

「お姉さんは何時からこの家にきているの？」

磨周は、その少しとがった小さなあごを、少し前に押し出すようにしてそういった。

「あら、お姉さんだなんて……。それでは私、ここのお嬢さんになってしまうわ」

「なったら……　とても似合うと思うよ」

「あら、似合うだなんて……　そんな事、問題じゃないわ……」

百合子はそういい、その少し窪んだ眼で磨周を見た。そしてさらに続けて
「私、お坊ちゃまの心のお姉さんになろうかしら……」。

と、いった。

「え、心のお姉さん……」

「そう……　それでよかったら何でも話してね……」

「もちろん、いいに決まってるよ。それじゃ……」

と、力を入れて磨周がすっとんきょうな声をだしたので、百合子は吃驚した顔で次の言葉を待った。

「お坊ちゃまはおかしいよ。磨周と呼んでくれないかな……」

「磨周と……」

「そう、磨周と……　前から思っていたんだけど、お坊ちゃまって……　とても聞きづらいよ」

「でも呼び捨てにするの、できないわ。そうね……。磨周君と、いきましょうよ」

「そうだね。それでいいよ。とにかくお坊ちゃまでないならいいんだから」

磨周はそういいながら、悪戯っ子のように、軽く百合子の足を蹴った。

「あら、私ボールじゃなくってよ」

百合子は、細い指で磨周のおでこをつついた。

その時、百合子さん……　百合子さんと、下の方で声がした。どうやら、加奈子が帰ってきたようだ。二人は急いで二階を降りていった。

「お帰りなさい……」

二人は、ほぼ同時にそういった。

「二人ともどうしたの……　留守だとおもったわ……」

「すみません。気がつかなくて……」

と、いう百合子に
「そお……　聞こえなかったかしら……」

加奈子はそういいながら、ちらっと百合子を見て、前にたれぎみだった髪を後ろにかきあげ、部屋の方へ歩いていく。

「何か飲み物でも……」

百合子が、罰が悪そうにそういうと、

「熱いコーヒーを入れてくれない……」

加奈子は熱いと、いうところに力をいれてそういうと、つかつかと部屋の中へと消えていった。

百合子は急いで台所に入ろうとすると、その前に磨周が立っている。彼は足をくみ、二人を見ていたらしい。

「あら……」

百合子は、心の中でふと思い呟いた。(奥さんは、磨周に一言も声をかけていないわ……　)しかし磨周は、そんなことを気にかけている様子ではない。

「僕にも、いれてくれるといいんだけどな……」

磨周は、一寸おどけてみせて二階へ上がっていった。百合子はどちらかというと、言葉を選んで一言一言かみ締めて話すほうだったが、磨周には、わりと気やすく話しているようであった。

＊　＊　＊　＊　＊　＊

夜もふけ時刻もすぎていくなか、磨周の快活な声に百合子の後片付けの音、そして福蔵のおっとりとした声とが、いいコントラスとなりこの家庭を包んでいた。その中で、なぜか加奈子は口数がすくない。もちろん無視しているわけではないが、福蔵と磨周の中にはあまり入ろうとしない。

「お姉さん、まだ終わらないの……　早くきて……　一緒に話そうよ」

磨周が指をVにして、手首を左右に振りながら百合子を呼んだ。

「まあ～お姉さんだなんて……　いつから、そんな呼び方しているの……」

加奈子は、眉をしかめ磨周を見た。

「今日からだよ。僕の心のお姉さんになってくれたんだ」

「とんでもないわ。磨周君……　いいこと、お手伝いさんとお姉さんとは、はっきり区別してちょうだい」

「では、何て呼ぶんですか。お姉さんでいいと思うけどなあ……」

と、いって加奈子を見ると、彼女は福蔵の方を見て何か云おうとしたが、磨周のほうがいち早く

「僕より年上なんだし、お姉さんと呼んでも……。ねえ、おじさん……」

と、福蔵に同意を求めるようにそういった。

「いいじゃないか。磨周君がそう呼びたいのなら……」

と、福蔵が少し肩をすぼめていった。

「まあ、貴方まで……　磨周君は、内の養子になろうとしているんですよ。百合子さんのように……　私生児とは思いたくな……」

加奈子は、そこまでいうと、はっとして口を結んだが、その時すでに、百合子の顔色は変わり歪んでいった。

「私……」

何かいおうとしたが、言葉にならない。体が震えているようにもみえた。

「加奈子、そんな事……」

福蔵が強く嗜めた。

「わかったわ……。私もいいすぎたわ……。でも考えてほしいの。何度もいうようだけど、磨周君は椎屋家の養子にと思っているのよ。過去はどうだったか知らないけど、今、格式ある椎屋家の

一員になろうと来て居るんですからね。百合子さんと、一緒にはしてもらいたくないの」

加奈子は今日、非常に気が高ぶっているようだった。外出した先で何かあったのだろうか。その整いすぎた眼、鼻にひきかえ、そのきゅっと結んだやや薄い唇は、加奈子をとても冷たい感じにしている。今、このような状態だから、なおさらそう思うのかも知れない。

磨周は、百合子が気の毒でならなかった。心のお姉さんになってくれるといった優しい百合子は、今、ある一点をじっと見つめている。

「おばさん……　私生児って何……」

磨周は、口をとがらしてそういった。加奈子はそれについては何もいわない。磨周は大体の想像はついていた。百合子にとって、それを聞くということは耐えられないて事だろう。それははっきりとわかった。

「そんな事いわなくてもいいと思うんだ」

磨周は身をのりだしいい続けた。

「椎屋家のなんのっておかしいよ。一緒に生活してるんじゃないか。僕はお姉さんが好きだから、友達になってもちっともおかしくないと思うんだ。」

「友達……　そう磨周君も同じような環境で育てられたかも知れませんからね。でも、それは忘れてほしいの……」

「環境って……　どんな環境ですか」

磨周は、すごく自分と百合子が軽蔑されたのを感じると共に、園全体が侮辱されたようにも思い、つかつかと進みでて加奈子の前に立った。

「環境って……　環境って……」

磨周は再度そういいながら、加奈子を睨み拳を握りしめた。加奈子は少し後ろにさがり、振り向いて福蔵を見た。福蔵は、何事もなかった様に新聞に眼を落としている。いや彼も動揺していただろう。だが、なんとか体面をつくろっていたのだ。

磨周と加奈子は、まだ対立している。

「それは、あなたのお母さんは良い人だったかも……」

「お母さんがどうしたって……」

「いや……　両親は……」

「両親がどうしたんですか……」

磨周の間を置かず迫るのに、加奈子は少しびびっているようだった。

「いや、あなたは内の養子になろうと……」

いつしか、磨周君があなたになっている。

磨周は両親の顔を知らない。物心ついた頃にはもう園にいた。だが、そういった園の子供が皆そうであるように、磨周も、はっきり意識していないまでも、心の奥では美しく描いているのだ。

それが、すごく汚されているように磨周には思えた。

「あなたも、もっとこの家に馴染んで……」

加奈子は、それでも、その特徴のある唇をやや横に動かしそういった。

「馴染むってどんな事…… それは、お姉さんも含めて仲良くする事ではないんですか」

磨周はもうすっかり興奮している。

「馴染んで…… 私たちを本当の両親と思って……」

加奈子は首を横にふり、福蔵の新聞をいかにも腹立たしく取りあげた。

「磨周くん、やめるのよ。私の事だったらもういいの…… ねえ、落ち着いてちょうだい」

百合子がそういって、磨周の腕を掴んだ。

その時、磨周と加奈子の眼が合った。加奈子は先を越されないかの様に素早くこういった。

「あなたもお母さんの事は忘れて…… 私たちをほんとうの……」

加奈子がいい終わらないうちに、磨周はありったけの大声でさけんだ。

「忘れるもんか……　僕のお母さんは美人だ。とっても奇麗なんだ……」

五、ニューリーダー

園の子供たちが集まる広場。磨周、邦彦、章と、真由美、理恵の中三組。その他に下級生を交えて、なにやら話合いが始まっている。

「僕は邦彦がいいと思うんだ。スポーツマンだし、人をどんどん引っぱっていくからね……」

そういったのは磨周であった。

「僕は磨周がいいと思うよ……。なにしろ真面目でへまはやらないからね」

「だめだよ、僕は……。へまをやってるよ。こうして帰ってきているんだから……」

「そんなこと関係ないさ……。養子に決まっていた訳じゃないしな……」

磨周は照れくさかった。椎屋家での数日、最終的にはこの様な結果になったが、磨周に後悔はない。あの様な行動をとったのは、福蔵や百合子に迷惑だったろうか。加奈子にとった態度も、礼儀が欠けていたかも知れない。しかし、この結果に後悔はないのだ。

予定日より数日前に帰ってきた磨周、彼はふだんはもの静かだが、一つの事に思い込むところもあった。けっして理性を失い取り乱すことはなかったが、自分が正しいと思えば、後に引こうとしないのだ。

あそこでの生活は、満たされそうではなかった。わずかにお姉さんとのつかの間の付き合いは、磨周に一つの温もりを与えた。そのお姉さんが出て行くことを表明した時、磨周は、何のためらいもなく自分もそれに倣ったのだ。

「私も磨周がいいと思うの……　それは、小さい子供たちまで人気があるからよ……」

と、真由美がいった。

「そうよ。磨周はとても面倒見がいいわ」

と、続けて理恵がいう。

磨周はふと我にかえり二人を見た。真由美は、やや長めの髪を程よく後ろで束ねている。痩せ型の芯の強い子だ。それと、まったく対照的といっていいほど少し丸めの理恵は、どちらかというと天真爛漫な子だ。

「そうだ、そうだ……」

男の子たちが、はしゃぎ回る。何をするまでもなく、流れが磨周寄りになっている。

「うん、やはり磨周がいいだろうなあ……」

と、章がぽつりといった。

「そうだ決まりだ……」

ミニボスが、拳をあげてそういう。

「まてよ……　まだ決まってないぜ」

と、磨周がいう。すると、

「いや、もう決まったようなものさ……」

と、邦彦がいった。

「そうだ、そうだ……」

と、又ミニボスがはしゃぎ回る。

磨周は快く受けようとおもった。こうして選挙するまでもなく、自然に磨周に決まってしまった。さて、はて、リーダーとして何をしたものか……。前リーダーが、事故で亡くなってからずっと空席だったこのポストを、どの様にやっていけばよいのか……。とにかく自分流にやるのが、一番良いのだろうと磨周は思った。

「そうだ、ニューリーダーを祝って何かやろうぜ」

と、邦彦がいった。

「何をするのよ。祝うってお金ないわよ」

女の子たちがそういう。

「金なんかいらないさ。何かスポーツをやればいいんだ」

「さすがはスポーツマン」

と、ミニボスが又々はしゃぐ。誰も異論はなかった。何と素晴らしい思いつきだろう。誰もがそう思った。

「ありがとう。その前に一つ聞いてくれ……。僕は前リーダーのように強くもなければ一本気でもない。でも音楽なら負けないぜ……　そうさ、おたまじゃくしさ……　楽しくやっていこうぜ」

磨周は、やや胸をはってそういった。

「そして、女性にもやさしくね。そうそう、小さな子供たちの面倒もよくみてね」

真由美が、真面目な顔をしてそういう。

「やだな〜僕は子守じゃないんだぜ」

磨周は、そういっておどけてみせた。みんなどっと笑った。

「して何をやるの……」

と、理恵がいう。さて何をする。サッカーか、それともバレーか、いや、ソフトボールがいい。けっきょく、誰もがやれるというソフトボールに決まった。いいあんばいに、二〇〇メートルもいかない所に空地がある。

磨周のてきぱきした指図で、二手に分かれた子供たちは、さっそくプレイボールーと試合を開始した。

八月の空は深く青く、白い雲が眩くみえる暑さの真っ只中、子供たちは汗をふきふき歓声をあげる。

「お〜い、ショウト、もう少しさがれ……」

そう、小さい子に叫んでいるのはミニボスである。

「そんなに、さがらなくてもいいわよ。私、打たせないから……」

そういったのは真由美だ。彼女は、クラブでソフトボールをやっている。そう、たやすく打たせない！　と、いう自照があるのだ。

磨周は、バッターボックスでにこりと笑う。何としても打たねばならぬ。リーダーだからな……。そのお祝いだからな……　と、一人もぐもぐいいながら、天を仰ぐ。

その顔に——おめでとう——といわんばかりに太陽が直撃、その愛を受け、ますますはりきる磨周。日に焼けた顔と顔とが相対して、第一球。磨周の腹すれすれにボール……。どうやら、内角を狙っているらしい。第二球。磨周は、力いっぱいバットをふる。——カーン——軽快な音とともにボールはレフトへ……。

「さがってーさがってー」

ミニボスは懸命に叫ぶ。

「章くんしっかり……」

真由美も叫ぶ。ボールは高々とあがり、そして急落下してくる。章は後ろに走りに走り、もう、これ以上は伸ばせないと思うほど不自然な体で手を伸ばす。そのグローブに、ぱっとボールが入ったかにみえた。とったーそう思った瞬間、ボールがぽとりと地面に落ちた。わぁ～一斉にかん高い声が飛ぶ……。

「ありがとうよ……」

磨周は、そういいながら高く手を振り土を蹴って走る。

「わーい。磨周くんを祝って、わざと落としたのよ……」

理恵が、手を大げさに叩き喜んでいる。

何と素晴らしい一日であろう。子供たちのなかで、自然に決まったリーダー、その指揮のもと皆が助け合っていくこの子たちを、何で不幸にしてなるものかと、暖かく暖かく照らす太陽。

時おり風もあり、この何事にも替えがたい笑いの中で、あのロッテンマリア先生の貰いうけた犬ジローは、尻尾を振り振り走り回り吠えている。これを引いている女の子が、懸命についていく。

「ワンワン」

そして、又

「ワンワン」

ニューリーダーおめでとう。と、いっているかのように……。

六、進路

「私のことはほっといてよ」

真由美はヒステリックに叫んだ。

「そうはいかないよ。みんな待っているんだからね」

ここは、園の中のローカの片隅。磨周と真由美が、何か口論している。

「私、受けたくないのよ……」

「でも、その会社へ行くんだろう。少しでも知っていたほうがいいと思うよ」

「行ってみればわかるわよ」

「それはへりくつだよ」

「へりくつで悪かったわね」

真由美はつんと、そっぽをむいた。そして磨周に背をむけ、さっさと自分の部屋へと急いだ。

真由美は悲しかった。こんな事をしても、何にもならない事は分かっている。私は進学したい。

そう、呟いてみる。

昭和二〇年後半、この頃まだ進学率はすくない。だが彼女は成績もよく、先生方も惜しまれていたのである。私は進学したい。再度つぶやいてみる。でも、それは不可能なことだ。どうにもならないこの苛立ちが、真由美を卑屈にしていた。

磨周と邦彦、そして真由美と理恵、この四人は、おりしも運よく同じ会社に就職が決まっていた。一人、章だけは調理師になりたいという願いで、都心の料理店に行くことになっている。同じ会社に一緒……。この様な事は、あまりありえない。これだけでも幸運といわねばならない。だが、真由美は訳の分からない腹立たしさに支配されていた。

就職が決まってから、その会社のこと、又、社会人としての心へなど……、園長が一時間弱ぐらい講義をしているのだ。講義といっても、殆どは話合いで雑談がおおい。園長も、それなりに気をつかっているようだった。それを、真由美は拒んだのだ。どうして……　何のために……　その答えをだすことは今はできない。

次の朝、真由美は早く園をでた。いつもは理恵と一緒なのだが、今日は、一人さっさと学校へと歩いていく。あとから理恵の呼ぶ声も無視して……。

理恵はぷりぷりいいながら後から行き、又、その後に磨周と邦彦が続いた。

「ほんとに真由美ったら……　どうしたのかしら……」

「なあーに……　じきになおるさ。じたばたしたって、どうにもならないガキだからね」

そういったのは邦彦だった。

「でも、このまま、ほっといていてはいけないと思うんだ。今夜、話してみるよ」

磨周が、幾分か落ち着いた態度でそういった。

「よせよせ。そんな時は一発殴ったらいいんだ。甘えているんだぜ……」

「まあ〜女の子をぶつなんて邦彦ってひどい子ね……」

と、理恵がなじると、

「いや、ほんとに殴りはしないさ……」

と、邦彦は猿の真似をしておどけてみせる。十月の朝は心地よく、まるで体の隅々まで浄化してくれそうな気分である。

「お早う」

自転車通学の生徒が通りすぎる。

「お早う」

ひときわ大きな声で、邦彦が応対する。

「とにかく、真由美の事は帰ってからにしようぜ」

磨周がそういうと、二人共こっくりと頷き、

「そうしよう……」

「そうしよう……」

と、調子をとりながら、学校へと足を早めていった。

＊　＊　＊　＊　＊　＊　＊

その日の夕食時、磨周は真由美をずっと注意深く、それでいて気づかれないように見ていた。真由美は、無表情で食事をとっている。二本の箸を器用に使い口に運んでいる。時おり、その表情を変え眼を左右に動かす。口をぎゅっと結び一点をじっと見ている。

磨周も又、食べ物を口に運びながら眼を左右に動かす。となりでは邦彦が一生懸命のようである。ずいぶんと部活で腹がすくらしい、左前方の方に眼をやると、ミニボスがこれ又賑やかにお食事中だ。章がおとなしく食事をとり、ロッテンマリア先生があれこれと小さい子を世話し、それに理恵やら上級生の女の子が、時おり手をかしている。

園長が、前方の真ん中にどかんと席をとっている。何か忘れ物をしたのか、炊事のおばさんがちょこちょこと通りすぎる。又、真由美を見る。真由美は、少し前の方にあった髪をぱっとかきあげると、手を合わせお辞儀をする。ごちそうさまだ。いつもより早い。やはり機嫌はよくない。自

分の器をきれいに片付けると、それを両手でもち流し台のほうへ行くようだ。

真由美は磨周の後ろを通りかかった。丁度その時、磨周が突然すくっと立ちあがったのだ。その拍子に椅子がさっと後ろにさがり、急いでいた真由美はそれを変わそうとしてつまづき、あっという間に皿を落としてしまった。皿は頓狂な音をたてて割れ、一斉にみんながその方へ注目した。真由美は眼のやり場に困り、その場に立ちすくんだ。

「ごめん……」

磨周が、頭に手をやりぺこりとする。理恵がすぐに立ち、割れた皿のかけらを拾いだす。

「どうしたの……　お皿はしっかり持って……」

と、ロッテンマリア先生の声が飛んできた。真由美はきゅっと磨周を睨み、磨周は又、罰の悪そうに頭をかいた。

「そうよ。椅子はちゃんとお尻で持っていて……」

真由美はつけつけとそういうと、くるりと背をむけ急ぎ足で去っていった。

皆がどっと笑った。

「お尻でもてとさ」

ミニボスが、お尻を抱えて円を描いてみせた。

又、いっせいに笑いがおこった。

「静かに……」

園長が、低いそれでいてずっしりと重い口調でそういった。

もう十一月、秋も終わり冬のおとずれを告げる夜風は、ひんやりと冷たさを増していく。磨周は邦彦と各部屋に通じるローカを急ぎながら、今晩、真由美を勉強会に誘ったものかどうか迷っていた。

「真由美のこと、どうしようか……」

「そうさな。今晩だけは、よした方がいいと思うぜ」

「僕もそう思うんだが、このままじゃ、いじけていくばかりだぜ」

磨周は、そういい邦彦の顔をまともに見た。同意を求めるように……。

「そうさな。昼、約束したもんな」

邦彦はそういって親指を立て、ぐいぐいと二度前後させて笑ってみせた。

真由美たちの部屋の近くにきた時、入口の近くで理恵が真由美に何やら話しかけている。今だ……。と、二人は思った。まず磨周が、つとめて明るく声をかけた。

「真由美ごめんな。へまなんかして……」

真由美は、つんと横をむいた。邦彦が、後をおうように口を開いた。

「今晩は出席しようよ。皆、気にしてるんだぜ」

磨周はその言葉に便乗し
「そうなんだ。くよくよしたって自分が惨めになるだけじゃないか」

と、続けた。真由美は、相変わらずつんとして背をむけている。邦彦はついむらむらときて、こういってしまった。

「何時までもすねるな！　このガキ」

「何よ……　この暴れガキ！」

真由美はつんと眉をつりあげ、さっさと部屋にはいり力まかせにドアを閉めた。

「邦彦、困るじゃないか……　乱暴にいっては……」

磨周が、やれやれといった表情をみせ、理恵が、

「お先真っ暗ね」

と、邦彦の背中をつついた。

彼らをとりまく笑い、涙、期待、そして不安をつき離されるものではない。それをしっかり受け留めていかなくてはならないのだ。それは真由美だってわかっていよう。ただ素直になれないだ

けだ。磨周はそう思った。

いつか、きっと……。三人は暗黙のうちにそう頷きあった。そして向こうから、がやがやとやってきたミニボスとチビッ子たちを振り切って、講義の行われる部屋へと向かっていった。

＊　＊　＊　＊　＊　＊　＊

雲一つない青く澄んだ空……。ずっとそれを眺めていると、何と広々とした気持ちになることだろう。それは、いつしか天に登り宇宙遊泳する。果てしなく続く宇宙の世界を……　磨周は駆け巡る。磨周は長くそうしていた。

進学の事、就職の事、色々なことが頭脳をかけめぐる。関心、無関心、友情、一人ぼっち……。

磨周の眼が潤い始める。それは、とてつもない美しい玉となり頬に流れる。

「ううん……　僕は一人ぼっちじゃない！」

と、首を左右に振る。ふと背後に人の気配を感じ、慌てて気づかれないよう涙を拭く。かなりの視線を背に感じる。磨周は静かに体を回転し、その人を確かめた。真由美であった。しばらくの沈黙が続いたあと、磨周が口を開いた。

「やあ～今日は早かったじゃないか……」

「……　……　……」

ちっとも早くはないのだ。いつもの通りなのだ。磨周はそれに気づき、照れくさそうに頭に手をやった。

「うふふふ……」

真由美が急に押し笑いをした。

「磨周ったらおかしいわ。いつもの落ち着きはどうしたの……」

真由美は明らかに笑っていた。何の屈託もない笑い……。それは、真夏の日の清涼水のように爽やかに映った。

「君が怒っているかと思って……」

磨周は、眩しそうに真由美を見つめそういった。

「あら、磨周に……。ちっとも怒っていないわ」

「ほんとかい……」

磨周は、ちょっと間をおき

「邦彦のこと、怒っているのかい……」

と、聞いた。

「ううん、ほんとは誰も怒ってないの……」

「でも……」

「私ってばかね。強いていえば自分に怒っていたのかしら……」

そういいながら、その口もとに笑みを浮かべた。眼も快く笑い、磨周を見ている。

「どうしたんだよ。そんなに見るなよ」

磨周がてれに照れている。

「私ね……　自分がつくづく我儘ってこと……　分かったのよ。磨周の涙を見た時にね……」

「え、困るよ……　そんな……」

磨周が、あわてて真由美を直視する。

「だいじょうぶよ……。誰にもいわないわ……。ほんと……　約束してよ」

真由美は、そういって快活に笑った。

「ねえ、私たち勉強しようと思ったら、何時でもできるわね」

「そうだよ。そのとおりだよ。向こうにいったら夜間高校へ行こうかって話しているんだ」

「あら……　夜、学ぶところがあるの？」

「まだ、はっきりは……　今、園長が調べているらしいんだ」

「いいわね。あるといいわね……。その時は私も行くわ……」

真由美は、白い歯を見せ、

「私、どうしてこんなに卑屈になっていたのかしら……」

と、磨周を直視した。

「それも勉強のうちだよ」

磨周が、落ち着きはらってそういった。

「あら、磨周ったら……　大人みたいな口を聞くのね」

真由美がそういい、二人は声をあげて笑った。

いつしか雲が出はじめ、西の空に淡いピンクの色をつけ始めている。もう、そろそろ夕方だ。一羽の美しい鳥が二人の前を飛んでいき、どこかで、ロッテンマリア先生の呼ぶ声がしていた。

七、喜びと、悲しみと……

どんよりとした雲が四方を覆い、今にも雨が振り出しそうな日曜日の正午。一台の白いタクシーが玄関前に横ずけになった。暗くじめじめした気持ちになりがちなこの天候……。すっきりと晴れて太陽の輝きを望んでいた子供たちにとって、この白く光沢のある輝きは、心を浮き立たすのに大きな役割を果たした。

なかでも、ミニボスとその仲間たちの好奇の眼は、うるさいほどに賑やかなものだった。(何もタクシーが一台とまったぐらいで)理恵は、うんざりした顔でいった。

「私は勉強があるのよ。静かにしてくれる」

そして、車の方へ眼を走らせてみる。どうやら新車みたいだ。だが、この賑やかさ……　いや、もう騒がしい……　なる原因は、車もそうだが乗車してきた人物にあるらしい。年の頃、五〇歳そこそこ……　どちらかというと、明るく色彩が濃い服装の夫婦といったところだ。誰かの両親か。いや、今まで見たことのない顔だ。理恵は、

「まったく、うんざり……」

と、いうと、そのことに背をむけ鉛筆を握った。

「さては……」

と、ミニボスが口をもぐもぐと動かし、穿鑿の範囲を広げていく。

「さては……　って何……」

下級生がミニボスに聞いた。夫婦らしい二人は、そんな子供たちに精一杯の愛敬をおくり園長室へと消えていく。

「やった〜養子の話しかもしれないぞ」

「ミニボスは養子に行きたいの……」

「ふんだ、何がいきたいもんか」

「だったら、そんなに騒がないで……」

「は〜い……。おねぇさま……」

ミニボスが、すっとんきょうな声をだしたので、皆どっと笑った。

＊　＊　＊　＊　＊　＊

園長室から二人の来客が出てきた頃には、もう子供たちはいなかった。あれから、たっぷり二時間はたっている。園へ来たときとはうらはらに、帰りは静かなものだ。二人は、何度も何度も頭をさげて出ていった。しばらくして、章が呼ばれたらしい。ロッテンマリア先生が、行ったり来たりしていると思ったら、章が園長室へ入っていったのだ。

はじめ何となしに、この様子を窓から見ていた理恵は、おや！　と、思ったのだ。そして、にわかにミニボスの言葉を思いだしたのだ。養子？　それとも両親？

「え！　章の両親……」

理恵は、握っていた鉛筆をぱたんと机の上に置いた。

章の両親は、ある日父がとつぜん蒸発、母は生活のためスナックで働いていたが、時おり家に帰らないこともあり、心配した地区の人たちが園にあずける手続きを……。そのような話を聞いた記憶がある。今の二人が章の両親だとしたら、迎えにきたのだろうか。あんなに長くほっといて……。

「たしか小学二年のときだわ」

理恵は一人呟き、何だか章が可哀相な気がしてきた。おかしい……。両親が立派になられて迎えにきたのであれば、喜ばしいはずなのに……　理恵は、なぜか気持ちが晴れなかった。自分の淋しさか……。あるいは嫉妬か、いや、そうではないわ……。理恵は又、一人呟くのだった。

何だか勉強が身に入らない。理恵は、一休みしようと思って部屋をでた。そして今、自分が章の姿を求めていることに気づいた。理恵は体を大きく左へと回したが、誰も眼にはとまらない。あの騒々しさは何処へいったのだろう。辺りは静まりかえり、四方を覆っていた暗雲も去りつつあり、わずかではあるが薄日さえ射している。

ミニボスたちは、何処かへ遊びにいったのだろう。磨周と邦彦は、たしかクラブのことで出ていったはずだ。真由美は友達を訪ねている……。

理恵は、さらに門の方へ眼をやった時、その右側付近で何かの音が聞こえた。はて……　と思って見ていると、章が自転車を引き門の方へと歩いていく。そして服を片手でぱたぱたとやりながら、外へ出ようとしている。

「章……」

理恵は、とっさに呼ぼうとしたが、なぜかそれをためらった。理恵は急いで自転車を引っぱりだしてくると、章の後を追った。

章はずんずんとスピードをあげ、理恵は後から追いあげる。と、思うのだが、なかなか自転車がいうことをきかない。チェーンがぎいぎいいっている。園から学校は近いので、ふだんあまり乗らないからだ。それでも一生懸命である。はて……　私は何をしているのでしょう。理恵は又、心のなかでそう思ったが、訳のわからないまま後を追った。

章は図書館にはいっていった。とうぜん理恵もそこに入っていく。どうやら、閲覧室のほうへ入っていったようである。理恵は、多少の後ろめたさを感じながら後に続いた。

章はキョトンと椅子に腰かけ、何か本を読んでいる。

「なにを読んでるの……」

突然の理恵の出現に、章は吃驚して顔をあげたが、すぐに、何の懸念もない笑いをうかべ理恵を見た。だがその眼は、寂しそうに理恵には映った。

「私ね……　友達なんかが良くいうでしょう。あなたたち、寂しいでしょうて……。でも、そんなことはないわ。友達はたくさんいるし、回りの人も皆いい人ばかりでしょう」

理恵は、なぜこんな話しをしているのか、章が変に思いはしないか……、そんな思いを巡らしながら章を見たが彼は実に素直に聞いていた。そして、

「うん、そうだね……」

と、いった。

「今、何を読んでいるの」

「タリスマン」

「そう、読書って楽しそうね……」

「うん、そうだね」

「いやね……　章ったら、うん……　そうだね……　ばかりじゃあない」

理恵は、はにかんで笑い、

「章……　元気をだしなさいよ」

と、章の背中を叩いた。

「うん……　そうするよ」

章は眼を落とし本を開くと、

「君は、本はどうするの……」

と、いった。

「あら、そうね……。何か借りてかえろうかしら……」

「かえろうかしら……　って、そのつもりで来たんだろう」

「あら……　私、カード持ってないのよ」

理恵は照れくさそうにそういった。そう、彼女はあまり読書はしないのだ。

章は、

「ああ……」

と、いって頭を傾げたが、すぐに元にもどり、

「僕ので借りてやろうか……」

と、いった。

「そうね。そうしてくれる」

「いいよ。どの本にする」

「さあ……」

「え……」

二人は、顔を見合わせて笑いだした。一時、それは続いた。しばらくして

「ところで章、考えごとがあるんじゃないの……」

と、理恵がいった。

「うん……　実はさ……」

章は、ためらっているようである。理恵は凡その見当はついていたが、平素を装い静かにいった。

「なにを……」

「実はさ……　お父さんと、お母さんが来たんだ。僕に一緒に暮らそうというんだ」

「一緒に行きたくないの」

「別にそんな訳でもないけど、僕は園が大好きなんだ」

「それは私だってそうよ」

二人は又、一緒に笑った。

「でも園長先生は、そのほうがいいって……」

「そのほうって……」

「できることなら、両親と一緒のほうが一番だって……」

「そうね。そうかもね」

理恵は、深いため息をついた。そして章を見ると、下を向いて本をいじくっている。

「章……」

理恵は、それらを吹っ飛ばすように明るくいった。

「章は、料理店に就職が決まっているわね」

「そうなんだ……」

章は、そういって遠方の方を見た。それは、何かを思い巡らしているようにも見えた。

「ねえ……　章は、都心の料理店へ行きたいの」

「うん……　そうなんだ。でも……」

「じゃ……　ずっと両親が迎えにくること望んでた……。ずっと待っていたの」

「いや、あまり……　でも時々思うんだ。両親がいる奴っていいなあ……　って」

「だったら一緒に行く」

「それが……」

章は腕を左右に動かし、持っていた本を閉じたり開けたりしている。章の気持ちは揺れ動いている。

彼がぽつりぽつりと話した事によると、あれから三年ぐらいたってから、父は帰ってきたのだそうだ。それからというもの、心をいれかえ一生懸命働いたらしい。幾らかあった借金も返した。世間様から見ても、決して恥ずかしくない人間になってから……　と、息子の両親に、相応しい人間になる為に努力してきた。

「きっと章を幸せにできる。いや……　そうしたいんだ。今まですまなかったと……」

何度も、そういって頭を下げたそうである。章は喜びとも、悲しみともつかぬ気持ちでいっぱいであったのだ。理恵は、その気持ちがわかるような気がした。

料理が好きなら、専門学校へ行ってもいいってゆうんだ。いや、そうさせてくれって……。

「でも、章は都心の料理店へ行きたいってこと」

「それが、良く分からないんだ」

ふだんあまり口を聞かない章が、今日はよく話す。今までこんなに話すところを、見たことはないような気がした。ほんとに章は、両親のもとへ行ったほうが、幸せになるかも知れない。理恵は、そう思えてきた。

でも章は迷っている。私だって、その身になれば、迷うかもしれない。後、幾月もないこの園生活。理恵は、ほかの園の事はあまり知らなかったが、理恵の知る限りこの園ほどすばらしいところはない。友達といい先生方といい、とても居心地がいいのだ。でも両親と一緒だったら！　理恵はそう考えてみる。でも、それが、どんなものであるか実感としてわかない。

「章、そんなに考えこまなくてもいいと思うわ。とにかく、調理師になる事を忘れない事よ」

「うん、そうだね」

と、章がいい
「うん、そうだね」

理恵が、それを真似てそういった。章はにこっと笑った。

「とにかく道はひらけるわよ」

受付のほうで呼ぶ声がして、二人は席を立った。図書館の人が、閉館の時間である事を二人に告げた。二人は急いで借りる本を選ぶと、受付へと足を進め、章がカードを差し出した。

八、僕たちのお母さん

「何で、今さら迎えにきたんだよ。来るなら、もっと早く来ればいいんだ」

そういったのは邦彦だった。

「でも、いろいろ事情があったのでは……」

理恵が、珍しく顔を下向きにしてそういう。

此処は園の中庭。もっとも日当たりのいい場所。中三の五人組が、章のこと、両親の出現について、章の行くべき道、もっとも幸せな進路について話し合っていたのだ。

「問題は今、迎えに来たってことじゃないのよ。章が、どっちの道を選ぶかってことよ」

真由美は、章が自分自身で、選ぶのを促すように彼を見た。

「それが~僕は、就職先は決まっていたし、てっきりその道しかないと思っていたんだ。でも……　現実にお父さんたちが迎えに来て、園長先生にあれこれいわれると、つい、その方がいいのかな~と思ったりして……」

章は、実にゆっくりと唾を飲みこむようにして話す。邦彦は、それにいらいらしている。理恵が、それを批判している。そして磨周がいう。

「章が迷っているから、こうして話し合っているんじゃないか。就職するにせよ、両親のもとえ行くにせよ、長所短所があると思うんだ。その事を、もっと話し合うべきだよ」

だが、話合いの結果は出せず、選択についても二対二であった。そして、後は章自身で決めることになった。もう、ずいぶんと風が冷たい。章の心も又、なぜか冷たい風がふく。両親が迎えにきて嬉しいはずなのに、それほど心が浮かない。素直にお母さんと呼べそうにもなかった。

「な〜に、直に呼べるようになるさ」

園長が簡単にそういったとき、章は少し腹がたった。だが今、自分が一番しっかりしていなくてはいけないのだ。と、いうことを、章はひしひしとその小さな胸に感じていた。

＊　＊　＊　＊　＊　＊

寒い寒い日曜日の正午。磨周と邦彦は園長室に呼ばれた。中へはいると園長を前に、章が俯きかげんに椅子に腰かけている。

「やあ〜磨周こっちへきたまえ……　邦彦、相変わらず元気だな……」

園長は、上機嫌のようである。

「何ですか……」

邦彦が、ぶっきら棒にそういった。

「実はな……　章が、どうも踏ん切りがつかないらしい。聞くところによると、君たちと話し合ったそうじゃないか。章が行くことに賛成したんだろう。磨周そうなんだろう」

園長は、磨周を直視しそういった。邦彦の問いを、磨周にもってきたのだ。邦彦は少しお冠だ。

「それは話し合ったけど、その事は章が決めることに……」

磨周が、やや緊張気味にそういうと、

「そうか……　だったら章、なにも気にすることないじゃないか」

と、いい
「邦彦も賛成なんだな」

と、付け加えた。

「そうさ……　自分で決めればいいじゃないか」

邦彦は、つん、と、してそういった。

「そうか……、君たちに、遠慮してるんじゃないかって思ってね。これで決まりだろう。章」

園長は、後の言葉に力をいれてそういうと、

「さあ～お父さん……」

と、奥に向かって声をかけた。控えていたらしい二人が、照れくさそうに出てきた。邦彦は、それを見て急にむらむらと腹がたち、そして、無意識に園長と章を睨んだ。

「僕……　僕は、ほんとは園に居たいんだ。もうすこしの間だし、皆と一緒に出たいんだ。お父さん、お母さんが嫌いなわけじゃないんだ。そうしたいんだ」

章は、何かにしがみつくように必死にいった。息も荒々しく。

「では、そうすればいいじゃないか」

磨周が、章の腕を握りそういった。

「それがなあ……。そうばかりも、いかないんだよ。ご両親はなあ、今度、北海道のほうへ行かれることになってね。学校や進学の事もあるし、一緒に行こうと、いってらっしゃるんだ」

「でも、それは……」

磨周がいい終わらないうちに、さらに園長の言葉がおいかぶさってきた。

「先生はな……　章に一日でも早く家庭の味を……」

磨周は、つんと横を向き、園長は、はっとして言葉をとめた。やや、しばらくして

「磨周、応援してくれないか。そうしてくれれば、章も踏ん切りがつく……」

と、いった。

邦彦が、上目づかいに磨周を見て、足を小突いた。促したのだ。無視しろと……。それは、やや眼につく動作だったので、園長は、少しお冠になった。

「何てことをするんだ邦彦、悪い子だぞ」

園長は、たしなめるようにそういった。

「だってそうじゃないか。今までほっといてさ。現れたと思ったら、こっちの都合も聞かず、さあ、行こう行こう、の一点張りじゃないか。勝手だよ……　勝手すぎるよ」

邦彦が、すごい権幕で反論した。

「邦彦、やめないか。言葉がすぎるぞ。今までの分を、一日でも早く幸せにしてやりたい……　そう思われての事なんだ」

章の両親は、ずっとうつむき加減であったが、その時、顔をこわばらせ口をきゅっと結び邦彦を見た。折しも眼が合った邦彦は、むらむらと腹が立ってくるのを感じた。

「勝手だよ。こんな奴らについて行くことねぇぜ」

邦彦は、唾を吐きかけんばかりに大声をだし、女の人が、後ろへよろめいた。

「邦彦！」

いったが早いか、園長は邦彦に一撃を加えていた。邦彦は横によろめき、章がそれを支えようと

したが、邦彦はそれを払いのけ、

「ばかやろー、出ていっちまえ！」

と、章に怒鳴った。

「邦彦、まだわからないのか。そんなに悪い子なら、出ていってもらうぞ」

園長は、その四角張った顔をさらに四角にし、邦彦を戒めた。

「ちくしょう。出ていってやらぁー」

邦彦は、くるりと体を回転すると、荒々しくドアを開けて部屋を飛び出した。

「邦彦。待ってくれ。僕がいけないんだ」

章が後を追おうとしたが、それを園長が引き止めた。磨周が、当然のように後を追っていった。

「邦彦、まてよ。待ってくれよ」

ずっと後ろで、磨周の声が聞こえる。邦彦は足を早めた。

「なんだ。園長の馬鹿……」

邦彦は、なぜこんなに腹が立つのか、解明できなかったが、今は少しでも、園を離れたい気持ちでいっぱいだった。ずんずんと足を早めた。

「邦彦、待てよ。何処へ行くんだ」

磨周は、遅れまいと後に続く。

「ほっといてくれよ。追ってくるな。近づいてみろ、誰でも吹っ飛ばしたい気持ちなんだぜ」

邦彦は一目散に走り出した。磨周も走った。冬の風が二人の全身を直接攻撃し、それを払いのけるようにして走った。いつしか駅の近くにきている。二人のいる道を挟んで畑が広がり、その前に駅が見える。

邦彦は、その畑の中へ走っていく。あきらかに駅の方へ向かっている。磨周は、とっさにその意図が掴めた。気車に乗ろうとしている。早く止めなくては……。

「邦彦、それはだめだ。落ち着くんだ……」

二人の少年は、筈かの距離をおいて、駅に向かって走っている。おりしも、駅に向かって汽車が走っていた。畑づたいにホームがあり、その一点に向かって邦彦は走る。汽車はとまり、邦彦はそれに間にあった。なんのためらいもなく乗りこんだ。すぐに磨周が追いついた。

「よせよ邦彦。降りろよ」

磨周は邦彦の腕をつかみ、力いっぱい引っ張った。

「やめてくれよ。何でついてくるんだ。降りてくれよ」

邦彦が大声で叫ぶ。

「そうはいかないぜ。どうしても行くというなら僕もついていくさ。でもよした方がいいと思うぜ。一体、こんなことして何になるんだい」

磨周は、最後まで説得する気らしい。でも、もう気車は発車の汽笛を鳴らした。磨周は、もう一度ひっぱろうとしたが、邦彦は頑として動かず汽車は走りだした。外の景色が後へと消えていく。

「ああ……」

と、いって磨周はすとんと座席に腰をおろした。

それから、いく時間たったのだろうか。二人はまったく口を開かず、ぼんやりと外を見ていた。磨周には、もう何時間もすぎたような気がしていたが、実際は二時間ぐらいだろうか。

「お金、持っているかい」

磨周が、ぽつりと、そういった。

「ううん……　でも少しはあるかも……」

邦彦は首を振りながら、ポケットを弄《まさぐ》り始める。もみくちゃになった札が一枚あった。次に、磨周がポケットに手をいれる。ない……。何もない。すっからかんだ。磨周は顔をしかめた。が、はっとして、内ポケットに手をやった。小さな袋だ。あの百合子姉さんから貰った袋だ。百合子が出ていく時にくれた小さな袋。

「磨周、お金をそのままポケットに入れておくの良くないわ……」

百合子はそういって、

「少しだけど……」

と、付け加え、その中に住所と電話番号を添えて磨周に手渡した。そのお金と、以前、椎屋家から、お小遣いとして貰ったお金を入れていたのだ。

二人は顔を見合わせ、枚数を確認した。そして、すぐに席を立った。もう此処当たりが精一ぱいである事を、いち早く察知したのだ。

「足りるだろうか……」

邦彦が、やや小さな声でそういいながら磨周を見た。それは、前のような興奮は冷め、幾分か後悔しているようにも見えた。

「とにかく次の駅で降りよう。ただ乗りはしたくないもんな……。それが、わかったら大事だぜ。園長が大声だすぜ。園を汚すな……　てね」

二人はデッキの方へ行き、次の駅を待った。列車はゆっくりと走る。ずいぶん急な坂になっているらしい。飛び降りても、大丈夫ではなかろうかと思われるほどの走りである。邦彦は、身をのりだし前方を見た。ひんやりとした風が頬にあたると、それを振り払うことなく大きく口をあけ、思いきり吸った。邦彦は喉が乾いていたので、その冷たい風を水でも飲むようにして口をもぐもぐさせていた。前のほうに、駅らしきものが見えてくる。

「駅だぜ」

邦彦の声に、磨周も身をのりだした。二人は下車した。駅の改札口には、ずっしりとした体格の駅員がまっている。二人は顔を見合わせ清算してもらうと、駅員は不審そうな眼で二人を見た。金はぎりぎりであり、二人はこの寒いのに、ひんやりと冷汗をかいてしまった。

「良かった。金が足りなかったら、とやかく聞かれるぜ。住所とかさ……」

邦彦は、そういうと急に立ち止まった。

「磨周、何処へ行く……」

磨周も、ぱっと立ち止まり邦彦を見た。そして、

「向こうへ……」

と、無表情で町並みの方を指さした。

二人の後ろには、圧倒されそうな大きな山が連なっている。前の方は広く平らになっており、家にはもう灯りがついていた。すでに日はとっぷりと暮れていたのだ。二人は、灯りのほうへ歩いて行こうとしたが、途中でその足をとめた。文無しであることに気づいたのだ。

つぎに山の方を見ると、大きな山の手前に外灯がいくつか見える。高台にある公園らしい。二人は自然にそこへ向かって歩き出した。近いように見えたが、かなりの距離がある。冷たくなった手をポケットに突っ込み、白い息を吐きながら二人は急いだ。

一体そこへ行って、何をするというのだろう。何か、二人の期待するものが待っているというのか。冷たい風と、静寂があるのみではないか。でも、二人はそこへ行くしかなかったのだ。

公園は高地にあった。そこからは、街の灯りがよく見えたが、そんなに大きな街ではない。公園には、すみれの花を形どったすべり台と、ブランコ、地球儀の回転輪があった。所々に、熊の彫物が置いてある。この薄暗い公園の中で、これといった目新しいものはない。ごくありふれた高台の広っぱ。といった感じだ。雪がちらつき始め二人は寄り添うようにして立っていたが、それを避けるため、わりかし大きな木の下にいき、そこにおいてあったベンチに腰かけた。

磨周は、何故あのとき、無理をしてでも邦彦を止めなかったか後悔した。いや、邦彦のことだから、無理かもしれない。でも途中で、何とか説得して降りられたはずだ。

磨周は冷たくなった手に口をあて、熱い息を吹きかけた。まったく、頭の芯まで凍りそうな寒さを感じる。邦彦は、飛び出してきた事を後悔しているだろうか。但ただ黙っている。ほんとに口を開かない。

「このままじゃ、まずいな……」

磨周が、ぽつんとそういった。

「そうだな……」

邦彦が答える。彼は後悔こそしていないが、心細いのは磨周と同じである。

二人は又、とぼとぼと街へ向かって歩きだした。雪はいっそう強く降り、二人の髪を白くそめ、手を赤く染めていく。又、駅に戻っていた。二人は待合室のベンチの片隅に、ぴったりと肩を寄せ合い、此処で夜を越すことにした。

腹に力を入れて、ふんばってみる。それとて寒さが和らぐわけではない。お腹も空いている。でも今は、この夜の長い事が重大事だ。二人は眠ることにしたが、この寒さの中、なかなか眠れそうもない。このまま、夜が明けるのを待つしかないみたいだ。

それでも邦彦は、心なしかうとうとしたらしい。邦彦は、広い草原に立っていた。雲一つない青い空、緑の草原だ。邦彦は、この風景に見覚えがあるように思え、じっと遠くを見つめていた。

すると、急に霧が立ちこめ、その向こうに薄らと人影らしいものが眼に映った。邦彦は、それをじっと見ているうち、引き寄せられたように一歩前へ出た。

「誰だろ……」

邦彦は眼を擦った。そして、

「あ……　お母さん」

と、叫んだ。母の顔は知らなかったが、お母さんに違いないと思った。自然に前へと足がいく。

が、その時、その顔は、ロッテンマリア先生の顔に変わっていた。

「邦彦……　邦彦……」

と、先生が呼んだような気がした。邦彦はびくっとして、眼を薄く開けた。

磨周が、しきりに名を呼び肩をゆすっている。夢だったのか……　邦彦は急に寒さを感じ、今度は眼をしっかりと開いた。

磨周が、力を入れて邦彦の腕を握った。前に大きな男が立っており、じっと見ている。邦彦は一瞬やくざかと思い磨周の腕を握り返したが、二人の会話からして、そうではないらしいのでほっとした。刑事だったのだ。

「何処からきたのかね」

「何処へ行くのかね」

二人は次々と質問してくる。二人黙っていた。

「住所氏名、学校名をいいたまえ」

一人のがっちりとした男が声も太くいうのを、二人は震えながらぼんやりと見つめていた。

駅員が出てきて、あれこれと話す。警察のほうに通報したのもこの人らしい。邦彦はそう思い磨周を見ると、磨周がこくりと頷いた。が、二人とも腹は立たなかった。かえってこの方が、良かったのではと思うのだった。

磨周が今までの事を話し、二人の刑事は頷きながら聞いている。

「わかった。園のほうには連絡しておこう」

と、もう一人の細身の刑事がいい、

「さあ〜困ったな。もう汽車もいないし、今夜は署にいくか……」

と、付け加えた。署といわれ、二人は身を震わすと、それを察してか、

「なあ〜に、此処よりましだよ。ところで、君たちを証明するもの持っているかね。……」

と、いった。何も持ってきていない。磨周の小袋があるだけだ。磨周は黙って、それを手渡した。

それを見ていた刑事は、

「この住所は？」

と聞いた。

「お姉さん……」

ぽつりと磨周がいった。

「お姉さんがいるのか。そこへ行こうとしてたんだな」

「いいえ……」

磨周は、又、そのいきさつを、話さなければならなかった。

「心のお姉さんか……。そこは、此処から一時間ってとこかな」

と、いい、しばらく考えていたが、

「そうだ……　近くに駐在所があったな。今夜は、あそこに泊めてもらおう。子供好きだからな……」

と、いった。二人の表情は和らいだ。

四人が駐在所を訪ねたときは、もう0時をすぎていた。おりしも、何か帳簿の整理をしていたらしく、灯りがついている。背のひくい、丸顔のいかにもお人好しという感じの所員が腰かけている。

刑事があれこれと説明する。そのたびに頷き、二人を見る。その眼は、やさしく温かさに満ちていた。そして、

「いいですとも。引き受けましょう」

と、いって二人を見た。さらに、

「腹、減っているんだろう……　すぐに準備させるからな」

と、いうと外へ出ていき隣に向かって、

「お母さん……」

と、大きな声で呼んでいる。どうやらそこがこの人の住みからしい。

「何ですか……」

眼を擦りながら現れたそのお母さんという人は、やや大柄な、実にふくよかな顔立ちの人である。

「迷子がきたんでね。何か食べ物をたのむよ」

「あら……　あら……　そうですの……　すぐにできるわよ。そこで暖まってらっしゃい」

女の人はそういうと、忙しげに家の奥へと入っていった。こういう事態は、なれているらしい。にこやかに、てきぱきと行動するその姿に、二人は心が暖まるのを感じた。

「では、私たちはこれで……　又明日よります」

「よろしくお願いします」

二人の刑事はそういって立ち去った。磨周と邦彦はぐったりと、そこへ座りこんだ。ストーブは暖かく燃えている。二人は肩を寄せ合いこっくりこっくりとやりだした。

「疲れた……」

「ほんとに疲れた……」

「水がほしい」

「僕も……」

眼を半分あけたまま、ふらふらと立つ。

「さあ、さあ、できましたよ。たっぷりとおあがり……」

まるで、踊るような声で女の人は入ってきた。食べ物は、いかにも美味そうに盛られている。二人は唾をのみ無言のまま食べた。うまい。水もおいしい。そして急に眠気が襲ってくる。二人は、そのまま崩れるようにして、そこに寝入ってしまった。

＊　＊　＊　＊　＊　＊　＊

邦彦が目覚めた時は、もう八時を回っていた。磨周も、今、眠りから覚めたのか寝ぼけ顔である。

「よくねたなあ……」

「うん……　いつの間に、ここへ……」

「わかんないよ……」

二人は、敷布団の上に正座して辺りを見わたした。

「おはよう……　もう、眼が覚めた……」

女の人の声が聞こえた。障子を開けて、磨周がやや硬くなって
「お早うございます」

と、いい、続いて邦彦が
「お早うございます」

と、いった。

「まあ〜二人ともとてもいい子ね……」

と、顔をほころばせながら、洗面所を教えてくれ、下へ降りていった。ここは二階だったのだ。僕たちを、担いであがったのだろうか……。

二人は顔を見合わせ、あらためて辺りを見た。白い障子が眩しく、二人は一斉に窓の小さな障子を開けた。下のほうに家並みが見える。ここは、街より少し高台にあるらしい。

部屋は六畳間で、いま開けた出窓と押し入れがあり、その横に机があった。その上には本棚があり、何冊かの本が無造作に置かれている。遥か向こうに、昨日二人が上っていった公園が見え

る。

「下へおりてらっしゃい……」

奥さんの声がする。二人は照れ臭そうに、ゆっくりと階段をおりた。下では真新しい白いタオルと、歯ブラシを持って待っている。

「すみません……」

二人が受け取る。

「先生がね。中村先生が来られるそうよ」

「え……　中村先生……」

二人は、顔を見合わせた。やや、しばらくして
「ロッテンマリア先生」

邦彦が、元気な声でそういった。

「いいえ……　たしか中村と……」

「いいんです。その人が、ロッテンマリア先生なんです」

磨周が、誇らしげにそういった。

二人は、かねてから本名で呼んだことがなかったので、一寸戸惑ったのだ。先生は、昼一時頃に

は此方に着くとのことだった。

ロッテンマリア先生……。とても懐かしいような気がした。邦彦は、その言葉を快く耳に収めた。磨周も又、同じであった。

「早くご飯をすませなさい。裏山の公園に案内するわ。とても眺めがいいのよ」

奥さんが、そういって二人を促した。

「そうしてもらえ……　そうしてもらえ……」

ずっと後ろの庭の方から、男の人の声が聞こえた。奥さんがにこっと笑い、続いて二人も、にこっと笑った。姿こそ見えなかったが、その人は、ここの主人である事は、いうまでもないであろう。

＊　＊　＊　＊　＊　＊

公園からの眺めは素晴らしかった。昨夜降り続いた雪も、明け方にはぴったりとやみ、良く晴れた日である。公園の裏山には白く雪が残り、前方には、冬の光を受けて家並みが眩しく見えた。昨夜は気づかなかったが、まだ上の方へと続いている。それを上がっていくと、何と見晴らし台が建っていた。

「あそこからは、もっと素晴らしいのよ」

その声を後に、二人は駈けていった。

素晴らしい。何もかもが素晴らしく見えた。二人は大きく背伸びした。その時だった。誰か人の呼ぶ声がする。

「磨周……　磨周君……」

磨周は、はっとして声の方へ眼をはしらせた。

誰か駈けてくる……。はあ、はあ、息をはきながら……。女の人だ……。磨周は息をのんだ。お姉さんだ……。百合子お姉さんだ……。磨周は走った。百合子の前まで走り寄り、ぐったりと座りこんだ。百合子も腰を落とし、磨周の肩に手をかけた。

「無茶なんかして……」

と、百合子はいった。

その眼は涙で潤んでいる。磨周は、百合子の腕に頬をよせ泣きだした。まさか……　まさか……　百合子が来るとは思ってもいなかった。百合子は、署の方からの連絡をうけ、飛んできたのだ。公園にいることは、おじさんから聞いたのであろう。百合子は、しっかりと磨周の肩を抱いて、

「さあ、磨周君……　立つのよ……。邦彦君が待っているわ」

といった。

邦彦は後ろにいた。その眼も涙で潤んでいる。肩をしっかりと、おばさんが抱いていた。百合子は、深々と頭をさげた。

「百合子です。有り難うございます」

百合子の言葉に、

「いえ……　いえ……　私は何も……　子供が好きなもんで……」

と、大いに照れていう。百合子は邦彦を見た。そして、

「邦彦君ね。磨周君からよく話を聞いていたわ……」

と、いった。

「はい、僕もよく聞きました。磨周の心のお姉さんですね……」

「あら……　恥ずかしいわ……」

今度は百合子が照れている。

「無茶してごめんなさい」

邦彦がそういってぺこりと頭を下げた。

「あら……　あら……　ごめんなさい。邦彦君を、責めているんじゃないのよ」

「でも……　僕が……」

「いいの……　いいの……　邦彦君。そういって反省出来るって事りっぱよ。きっといい結果を生むわ……」

百合子は、邦彦の手を力強く握った。

「うん……　いいな……　磨周は心のお姉さんがいて……」

と、邦彦は少し、しょんぼりしてそういった。

「まあ……　邦彦君たら……　私に出来る事なら、いくらでも応援してよ。でも邦彦君、あなたには素晴らしい人がいるわ。磨周君にもね……」

という

「誰……」

邦彦が頭をかしげた。

「先生よ。ロッテンマリアだったかしら……」

と、いって磨周を見た。

「そう、ロッテンマリア先生」

「そう、ロッテンマリア先生ね。あの人こそ、あなたたちの心のお母さんだわ……」

邦彦は、あの駅でみた夢のことを思いだした。

「お母さん……」

小さな声で、そう呼んでみる。

「お母さん……」

続いて、磨周が静かにいった。そして又、邦彦が、

「そうだ……　僕たちのお母さんだ……」

と、声高々にいった。

「ううん……　そうだとも、僕たちのお母さんさ」

二人は、肩を小突きあい笑った。後ろで、おばさんと、百合子が笑っている。もうすぐお昼だ。おばさんはご寿箱をあけた。

「わあ……」

歓声がおきた。

雲ひとつないこの青空のもと、太陽はいつまでも、いつまでも、幸あれ……　と、照らしているようだった。

九、白いボールに、友情をこめて

邦彦と磨周は、園に戻ってきた。何の悪びれもない、修学旅行から帰って来たような雰囲気である。

「お帰り……　お土産は……」

と、ミニボスが、いったのに二人は閉口した。

「ばか……　あるわけないだろう」

邦彦が、つんと口をとがらし、いったので皆どっと笑った。

邦彦は、章の姿をみつけたが見当たらない。奥の方に、園長が黙って立っている。園長と眼が合った。が、それは優しく笑みさえ感じられた。園長の前を通りかかった時、邦彦は何かいおうとしたが、園長は、二人の肩を叩き大きく頷いて、

「自室で早く休むように……」

と、静かにいっただけだった。

二人は部屋に入ると、安心と安らぎが胸に温かく流れ、床に身を委ねると、そのまま寝入って

しまった。

＊　＊　＊　＊　＊　＊　＊

朝食の時、章を見かけると、すぐに邦彦は、

「ごめんな……　悪かったよ……」

と、いう言葉が出てきた。

章は、邦彦を悪くは思っていないようであった。それどころか、好意さえもっているように思えた。事実、章はあの事があって以来、好ましく思っていたのだ。

「ありがとう。邦彦……」

章の言葉に、邦彦は戸惑った。

「いや、僕は悪かったと思っているよ。君を、不愉快にさせたろうからね」

「そんな事ないよ……」

「いや、理由はどうであれ、君の、両親の悪口をいったのは確かなんだ……」

二人の間に、園長が入ってきた。

「邦彦……　今日は日曜日だが……　バスケットの練習あるのかね」

「いえ……　ありません……」

「章は」

「僕も、ありません」

「そうか……　それでは一寸きてくれないか……」

「はい……」

二人は、同時に返事し顔を見合わせた。

「ところで磨周は……」

「音楽のことで出ました。すぐに終わるといっていました」

邦彦がやや緊張してそういった。前とはずいぶん態度が変わっている。園長は、白い歯をみせ満足そうに笑うと、ミニボスにこういった。

「磨周が帰ってきたら、園長室にくるようにいってくれ」

二人は、園長室で椅子に腰かけていた。行儀よく、両手を膝の上にのせて……　園長が、落ち着いた静かな口調でいった。

「いかなる事情があるにせよ、黙って園を空けることは良くないことだ。だが今回は先生も悪かったと思っている。君たちの気持ちも考えず、但ただ章のことばかり……　これでは園長失格だなあ……」

園長は、そういって肩をブルン、ブルンと震わせた。

「でもなあ……　みんな失敗しながら、成長していくものなのさ……　もちろん先生も、大いに反省しているよ。ほんとに悪かったと思ってる……」

「いえ……　そんな事はありません。僕が、一番いけなかったんです」

邦彦は、口ごもりながらそういった。

「僕だって悪かったよ……。はっきりしなくて……」

章が、下をむいてそういう。

園長の話によると、どうやら章も両親のもとへ行く事になったらしい。邦彦は、心から祝福してやろうと思った。もう、けっして嫉妬めいたことはよそう。快く送り出すことが、章に対するお詫びだ。と、思うのだった。

三人は、しばらく黙って腰かけていた。それぞれの思いがあるように……。

その沈黙を破って、磨周の声がした。

「磨周です。入っていいですか……」

「あ……　磨周か。入りたまえ」

磨周も、堅くなっているようであった。

「丁度良かったよ。今、邦彦たちと話し合っていたところだ。私は良かったと思っている。君たちが二人だったからね。一人だと、又、事情が違ってただろうからな……。どうだ。邦彦、友達っていいもんだ……。と、思っただろう。」

園長は機嫌のいいときする癖、人差し指を頬にあて、とんとんと調子をとるのを無意識にやりだした。

「済みませんでした。反省しています」

磨周が、落ち着いた声でそういった。

「気持ちがいいね……　ほんとに……。反省する事が、いかに大事な事か知っているかい。人間は反省するたびに、りっぱになっていくのさ。反省のない人間は、腐っていくだけだよ。そして、つねに潤滑油をそそがなくてはね……　解るだろう」

園長は、まだ人差し指で、とんとんとやっている。三人はそれを見て、くすくすと笑っている。

「ううん……」

園長は、はたと気がつき、その手を机の上においた。

そして磨周にも、章が両親と一緒にいくことを話した。机の上には、きれいな花が飾られている。磨周には、花も章も、らんらんと輝いているようにみえた。――おめでとう――磨周は心温まる思いがし、又一方では、ちょっぴり寂しい気持ちにもなるのだった。

「さあ……　もういきなさい。君たちが、いつまでも友達であることを忘れないでおくれ……」

その言葉を、顔いっぱいの笑みで受け留め、園長室を後にした。十二月の太陽は弱々しく、光も薄く感じるが、外に風はなく、暖かく感じられる日であった。空には雲一つない。

「遠乗りするか……」

と、磨周がいった。

「何を……」

と、邦彦

「サイクリングさ」

と、答える。

「うん。行こう」

章が、そういう。三人は、自転車で園外へと飛び出す。

「何処へいく……」

先頭を走っていた邦彦が、後を振り返り二人に聞いた。

「あそこに行こうよ……」

「あそこって……」

いちばん後ろを走っていた章が、懸命に追いながら聞く。

「あの広っぱさ」

三人は前になったり後ろになったりして、二つの輪をふん転ばした。もう、地蔵の見えるところまできていた。相変わらず笑みをたたえた地蔵さんが、なぜか三人を見ているようである。

磨周は、事故で亡くなったリーダーの事を思った。まるで昨日の出来事かのように、くっきりと脳裏に描きだすことができる。三人は自転車をおりた。磨周がじっとお地蔵さんを見ていたが、やがて手を合せるとぴょこんとお辞儀をした。後に習うようにして、邦彦と章もお辞儀をした。

「久しぶりだね……。お地蔵さん」

磨周が、愛しいように地蔵の頭を撫でた。地蔵は何もいわない。但ただ、笑みをうかべている。その笑みは、彼らに語りかけているようでもある。何であるかは分からないが、それは素晴らしいもの、愛と優しさに満ちたものには変わりない。

三人は、その素晴らしい愛の光を浴び、裏山へと上がっていった。十二月の太陽はまだ弱かったが、清々しい空気と澄んだ空の色は、少年たちをじっとさせていない。

「サッカーをやろうぜ」

邦彦が、快活な声をあげてそういった。

そして、邦彦と磨周はお互い顔を見合わせた。一瞬、二人が思ったことは同じであった。リーダーだ。前リーダーの事が、ちらりと頭をかすめたのである。だが二人は、前リーダーに敬意こそ示すが、落ち込むようなことはしなかった。次の瞬間、心は前進しはじめていた。磨周がいった。

「サッカーはできないぜ。三人ではなあ……。それよりボール蹴りをやろうぜ。誰のが一番先まで飛ぶか競うんだ」

「そうだ……。それをやろう」

邦彦がいち早く賛成し、章は

「やろう。やろう。でも、僕、自信ないなあ……」

と、いった。

「やれるだけ、やるんだよ」

と、磨周がいい

「うん……　頑張るよ」

と、章がいう。

二本の細い竹を地面に刺し、一定の距離から、それに向かってボールを蹴るのである。最初に章が挑戦した。章は、しきりに頭を左右に振り、自信なさそうにしていたが、ボールにはかなりのスピードもあり、いい線をいっていた。

「やるじゃぁないか……。いつもその調子だよ」

と、邦彦が感嘆した。

三人は代わる代わる挑戦し、白いボールはそのたびに気持ちよい音をだし、風を切って飛んだ。

こうして、三人はお腹の空くまで遊びにふけった。

十、章の決意

幾日かがすぎ、もうすぐ冬休みに入ろうとしていた。章は、その休み中に両親の元へ行くことになっている。三学期は転校先でむかえるのだ。心なしか、表情も明るいように思われた。時たま、母が訪ねてきて、章の洋服のことなど話している噂を、磨周も邦彦も聞いていた。

どうやら、章のために服を新調するらしい。――それを着て、この園を出ていくのか。ミニボスを中心に、そんな話でもちきりだった。

「僕は、その服を着ては出ないよ。いつもの服で出たいんだ」

章が話の中に入り、頬を紅潮させてそういった。

「着たっていいじゃないか……」

ミニボスが、羨望とも祝福ともいえないような口調でいった。

「いや、絶対だ……。この服で出るよ」

章は、人が変わったように力をいれてそういった。

近くにいた磨周は、この騒動？　を何となしに見聞きしていたが、章のその様な行動に唖然として眼を見開いた。章と眼が合った。章は、つかつかと磨周の前までくると、はっきりした口調でこういった。

「絶対この服で出るよ……。リーダーに約束するよ」

「そんな約束することないよ。僕には、君の服にとやかくいう権利はないからね」

「いや、磨周はりっぱだよ。よく皆をまとめているよ。邦彦のことだって…… 園長がいっていたろう。君が一緒でなかったら…… て……」

「そんな事ないさ。但、ついていっただけだよ。でも章の洋服とは話しが違うぜ」

「違わないと思うな……。此処を出るまでは、僕もれっきとした園の一員だからね」

「でも洋服のことまで、干渉したくないよ」

「磨周はリーダーさ。僕たちの話を、聞いてくれる義務があるよ」

磨周は但ただ、驚きをもって章を見た。あの、いじめにあっていた頃の章はもういない。日一日と、強くなっていくように磨周には思われた。章だって、この園の、思い出を大切にしたいのだろう。最後まで、仲間として行動したいのだろう。磨周はそう思った。そしていった。

「いいよ。その約束受けるよ」

章は満足そうに、チビッ子たちのいる方を見渡した。

暖炉のストーブは赤々と部屋を暖め、子供たちは、それぞれに思いにふけっているもの、ふざけ合っているもの、まちまちであったが、誰もが、正月、両親、そのような事を思う心は、同じであったかも知れない。

「さあ、チビッ子ちゃんたち、お休みの時間ですよ」

ロッテンマリア先生の響く声が、ローカの方から聞こえてくる。

「早いとこ寝て、母ちゃんの夢でも見るか」

ミニボスが、ふざける様にいったので、ちびっ子たちがくすくすと笑った。章はミニボスの肩に手をおき、

「君のお母さんだって……　いつか……」

と、そこまでいうと口を閉じたが、ミニボスには、それが慰めの言葉であることが良くわかった。

「ありがとう。ありがとう」

ミニボスは、歯切れのいい口調と共に、健康な笑いを章に返し、いそいそと部屋を出ていった。

ロッテンマリア先生が火を消し、磨周が戸締まりの確認をした。クラブの集まりで、遅くなっていた邦彦、真由美、理恵が入ってきた。

そして、まだ暖かみの残るストーブの前に、先生をはさむようにして腰をおろした。磨周は、章

のことなどを話した。

「そう、もうすぐお別れね……。頑張ってね。先生も皆もそう思っているわ」

ロッテンマリア先生は、いつもの快活な声を置き忘れたように、しんみりとした口調でそういった。

「はい、頑張ります。皆の事は忘れません……」

章は、眼を見開きそういった。

六人はしばらく、そうして互いの心を温め合っていた。もう夜がふける……。磨周が、章の腕を軽く叩いた。その手を章がしっかりと握った。自然に、邦彦が磨周と手を結んだ。そして、理恵が真由美が手を結び、最後に、先生が輪をつくった。

自然に歌声が流れていく。それは、赤々ともえるストーブの火よりも、もっともっと温かいものであった。

十一、白いボタン、そして、それぞれの道に

そして幾日かがすぎた冬休み、白いタクシーが玄関脇に駐車し、二人の来客者が園長室に入っていった。もう長い時間がたっている。園長と章の両親は、いったい何を話しているのだろう。みんな今か今かと姿が見えるのを待ったが、一向にその気配がない。

時はたち、みんな少々くたびれ腰をおろす子もでてきたとき、章の両親が玄関へ向かって歩いてきた。みんな一斉に立ち、そちらに注目した。目的は両親ではない。その後の章の姿を求めているのだ。しかし二人が玄関に近づくのに、章の姿は一向に現れない。

しばらくして園長が出てきた。だが章はまだ出てこない。一体どうしたというのだ。こうして皆、見送るために集まっているというのに……。その答えを園長に求めるかのように、みんな一斉にその視線を向けた時、勢いよくドアの開く音がして、章が姿を見せた。

「あっ!」

少年たちは声をあげた。

章は光っていた。眩しいほどに白い背広、折り目も真新しい白いズボン、白い靴……。そして薄

桃色のシャツに、ピンクのネクタイを結んでいた。

章は、思い切って出てきたらしく、その表情はこわ張り、拳を握り少し震えている様にも見えた。白い柔らかい光沢を放つ、白いボタンの服とは、少し調和がとれていない様であった。

磨周は、唖然としてそれを見ていた。なぜだ……。どうしたというのだ……。あれほど、いつもの服を着て出るといっていたのに！　磨周は、裏切られたような気がしたと同時に言い様のない悔しさと、寂しさが全身を走った。

邦彦が、磨周の腕を力強く握り、その腕を磨周も握りかえした。章は、じっと二人を見ている。

誰も声を発せない。それを破って、園長は努めて明るくこういった。

「さあ、みんな拍手を……　章の門出だからな……」

しかし、その沈黙に変わりはない。幾人かの眼は、冷たく章に注がれている。

「さあ、拍手を……」

もう一度、園長がそういい磨周を見た。磨周は悔しかった。――祝福したい――どんな事があっても祝福したい……　と、決めていた。だが、磨周の手はこわ張り、拍手にいたらない。

「磨周……　皆一緒よ。お祝いしてあげましょう」

ロッテンマリア先生が、磨周の肩をしっかりと抱いた。

磨周は、邦彦の腕から手を離すと、思い切って拍手した。続いて邦彦が力なく一、二回、拍手した。だが、後が続かない。磨周は、きゅっと後ろを振り向き、皆を睨んだ。それが合図のごとく、一斉に拍手が起こった。

邦彦も、又、思い切って拍手した。磨周も拍手した。拍手の中で、とどめなく涙が流れた。邦彦も、真由美も、理恵も、そしてミニボスも泣いていた。

その時、異変がおきた。章が白い上着を脱いだのだ。ネクタイを外しシャツまで脱ぐと、

「僕、着替えてくるよ……」

そういって、又、園長室へ消えたのである。みんな茫然として、それを見ていた。

しばらくして、章が出てきた時には、いつもの見慣れた制服であった。

章はいった。

「みんな……　ありがとう。ありがとうお父さん。お母さん……。僕は、これを着て出たいのです。解って下さい……」

「うん……　いいとも、いいとも、そうおし……　そうすべきだったよ……。」

二人の、眼がしらも潤んでいた。章の顔は、もう、くしゃくしゃだ。

再度、拍手と歓声が起こった。その拍手の中を、章は歩いてきた。

「さようなら……。みんなお元気で……」

磨周は嬉しかった。章は約束を守った。章もずいぶん悩んだ事だろう。だが、最後に自分の意思を貫いたのだ。章が磨周の前で止まった。

「さようなら……　頑張って……」

と、磨周はいい、そして、手をさしのべた。章は、その手をしっかりと握り、眼からは大粒の涙を流しながらこういった。

「磨周……　磨周は……　最高のリーダーだよ……」

＊　＊　＊　＊　＊　＊

瞬く間に正月もすぎ、もうすぐ二月に入ろうとしている。磨周は、すっきりとした快い毎日を送っていた。いよいよ卒業、卒園、就職の到来だ。邦彦も、真由美も、理恵も、すっかり心の準備はできている。

いろいろな事があった一年であった。なればこそ彼たちも、それなりに成長してきた。これから先、いろんな人と出会い、又、揉まれていくことだろう。磨周は思い、そして誓った。人を信じよう……　と、一人では生きていけないのが社会なのだから……。

十二、月日は、過ぎても……

幾年かがすぎていった。数年後、磨周と明弘は、園の前に立っていた。何十年ぶりかに、訪ねてきたのである。

邦彦は、四十なかばでガンで亡くなり、真由美と理恵は、遠方へ嫁いでいる。章は、大阪で料理店を営んでいた。百合子は、あれからずっと心のお姉さんである。

磨周は偶然、広島でクリーニング店を営む、当時のミニボスこと明弘と逢い、園の訪問を実現した。章はどうしても都合がつかず、今回は断念したのだ。

門脇の大木だけは、変わらずどっしりと根をおろしていたが、建物はすっかり変わっていた。二人は何か思い出に残るものは……　と、捜し歩いていると、明弘が、

「うっ……」

と、いって、小さく盛り上がった？　土の上に止まった。当時からすると、へこんではいたが……。そう、ここは思い出の場所だ。読者の皆様、おぼえておられますか。此処こそ明弘が興奮して、手振り身振り話したところなのだ。二人は、しばらくそこに立っていた。

職員の方が出てこられた。二人は中に通されたが、誰一人として知っている人はいない。思い出は、遠い過去になっている。遠くから、賑やかな声が聞こえてくる。それはやがて、だんだんと近くなり二人に近づいた。数人の子供たちだ。

磨周と明弘は、顔を見合わせにっこりと笑った。帰ってきた。帰ってきたのだ。明弘が子供たちを促し外に出た。彼は思い出の地に立ち、一方の腕は上に、一方は下に、まるで宙を飛んでいるかのように……　舞い始めた。

磨周は、それを飽きることなく見つめていた。それは、まさに、桜花咲く四月のことだった。

あとがき

私が、ボランティアで、ある施設を訪ねた時の事です。小学四年生ぐらいの男の子が駆け寄ってきて、

「おじちゃんは、誰のお父さん……」

と、いって、じっと私を見つめるのです。心なしか、寂しそうなその表情が、私の頭脳にずぅ〜と居座っていました。

その事が、この物語を書くきっかけとなりました。駆け寄ってきた男の子を、小学部上級で明るい子におきかえ、物語は歩き始めました。

そして、いろいろな子供たちが誕生していったのです。かといって、此処の子供たちが、モデルになったのではありません。

あくまでも創作上の人物で、場所もまったく関係なく、但ただ、こういった両親の愛に恵まれない子供たちに、精いっぱいの愛情をこめて、創作を進めていきました。

この事が、これを読んで下さった方に少しでもご理解いただき、この様な子供たちに、愛情を

注いで下されば幸いかと思っております。

二〇二〇年六月吉日

坂元　達男

【著者紹介】

坂元達男（さかもと・たつお）

1937年宮崎県都城市に生まれる。

10代の頃から文章が好きで書店巡り。中学を卒業後就職、会社の同僚で形成する機関紙に小説（短文）エッセイ・詩などを書きまくる。

20代の頃、自分自身を磨くのに何が必要かということに目覚め、それには学問が第一と1961年25歳にして定時制高校（夜学４年制）に入学。

卒業後結婚、一男一女を授かるが1989年離婚。

現在、知的障がい者の息子と二人暮らし。

障がい者関係の活動に奮闘中。都城支部発行（育成会だより）に活動状況、エッセイ、と苦戦。

・宮崎県手をつなぐ育成会都城支部長
・宮崎県手をつなぐ育成会監事
・好きな言葉　静寂
・尊敬する人　オードリー・ヘプバーン

僕たちの、青い空

2023年3月31日発行　著　者　坂元達男
発行者　向田翔一

発行所　株式会社22世紀アート
〒103-0007
東京都中央区日本橋浜町 3-23-1-5F
電話　03-5941-9774
Email: info@22art.net　ホームページ：www.22art.net

発売元　株式会社日興企画
〒104-0032
東京都中央区八丁堀 4-11-10 第2SSビル 6F
電話　03-6262-8127
Email: support@nikko-kikaku.com
ホームページ：https://nikko-kikaku.com/

印刷
製本　株式会社 PUBFUN

ISBN：978-4-88877-162-7